D1325838

Ozias Leduc, 1864-1955.
Photo: P. F. Pinsonneault (1889).

Daniel Gagnon

Né à Québec le 7 mai 1946, Daniel Gagnon est romancier, nouvelliste et peintre. En 1978, après avoir fait paraître trois romans, il s'absente de la scène littéraire pendant sept années et se met à peindre. En 1985, il publie *La fille à marier*, roman qui lui vaut le prix Molson de l'Académie des lettres du Québec et qui inaugure une période de création intense. Il est aussi l'auteur d'essais biographiques sur deux peintres, Riopelle et le frère Jérôme. Daniel Gagnon a peint les portraits de soixante-quinze écrivains. Il a été membre du conseil d'administration de l'Union des écrivaines et écrivains québécois (1989-1990). En 1993, il a été écrivain en résidence à l'Université du Québec à Montréal.

Dans la même collection

Ozias Leduc

La publication de ce livre a été rendue possible
grâce à l'aide financière du Conseil des Arts du Canada,
du ministère des Communications du Canada,
de la direction des études canadiennes
et des projets spéciaux, Patrimoine canadien,
du ministère de la Culture et des Communications
du Québec et de la Société
de développement des entreprises culturelles.

©
XYZ éditeur
1781, rue Saint-Hubert
Montréal (Québec)
H2L 3Z1
Téléphone: 514.525.21.70
Télécopieur: 514.525.75.37

et

Daniel Gagnon

Dépôt légal: 3e trimestre 1997
Bibliothèque nationale du Canada
Bibliothèque nationale du Québec
ISBN 2-89261-199-7

Distribution en librairie:
Dimedia inc.
539, boulevard Lebeau
Ville Saint-Laurent (Québec)
H4N 1S2
Téléphone: 514.336.39.41
Télécopieur: 514.331.39.16

Conception typographique et montage: Édiscript enr.
Maquette de la couverture: Zirval Design
Illustration de la couverture: Francine Auger
Recherche: Lyne Des Ruisseaux
Recherche iconographique: Michèle Vanasse

LEDUC

Ozias

L'ANGE DE CORRELIEU

teur

Du même auteur

La fille à marier, roman (Prix Molson de l'Académie canadienne-française), Montréal, Leméac, 1985, 111 p.

Le péril amoureux, nouvelles, Montréal, VLB éditeur, 1986, 137 p.

Mon mari le Docteur, roman, Montréal, Leméac, 1986, 83 p.

La fée calcinée, roman, Montréal/Paris, VLB éditeur/Le Castor astral, 1987, 116 p.

Ô ma Source!, roman, Montréal, Guérin littérature, 1988, 193 p.

Riopelle grandeur nature, essai biographique, Montréal, Fides, 1988, 280 p.

Venite a cantare, roman, Montréal, Leméac, 1990, 73 p. (traduit en anglais par Agnès Whitfield sous le titre *Divine Diva*, Toronto, Coach House Press, 1991, 60 p.)

Frère Jérôme, essai biographique, Fides, 1990, 227 p.

Circumnavigatrice, nouvelles, Montréal, XYZ éditeur, 1990, 95 p.

Marc-Aurèle Fortin. À l'ombre des grands ormes, roman, Montréal, XYZ éditeur, 1994, 175 p.

Rendez-moi ma mère, roman (Lettres de Claude Martin à sa mère Marie de l'Incarnation), Montréal, Leméac éditeur, 1994, 183 p.

Fortune Rocks, nouvelles, Montréal, XYZ éditeur, 1997, 134 p.

À Gabrielle Messier

Entre les contrats d'église, Leduc
revient à son domaine de Correlieu: car
ainsi a-t-il décidé de nommer le verger
acquis de son père.

MICHEL CLERK

Mais déjà je connaissais sa peinture par
cette petite église de Saint-Hilaire qu'il
a généreusement décorée… De ma
naissance à l'âge d'une quinzaine d'années, ce furent les seuls tableaux qu'il
me fût donné de voir. Vous ne sauriez
croire combien je suis fier de cette
unique source de poésie…

PAUL-ÉMILE BORDUAS

Le village de Saint-Hilaire et la barge du passeur,
vus de Belœil, au début du siècle.

1

Les pinceaux du temps [1]

— Ne bougez pas, lui disait-il.
Elle était comme un papillon sous la lampe, elle battait des ailes.

---

1. « Celui qui regarde une peinture met dedans un peu de sa personnalité, de son âme, de son rêve. C'est par l'amour que l'art est vivant... La substance de mon art créateur vient du monde tout grand ouvert sur le rêve. Vous voici sur la route royale vers la Beauté, au carrefour d'un art d'apparition, d'évocation et non d'apparence, art construit par le jeu d'une technique toute de souplesse libre de contraintes, opérant avec les outils du loisir, les pinceaux du temps. Ce n'est peut-être pas la mission de l'Art de prêcher une morale. Toutefois, fatalement l'Art enseigne, renseigne. Il est confesseur d'âmes. Il a aussi, sans doute, comme autre attribut, d'ordonner en cosmos le chaos de l'inconscient. D'un désordre, d'une souffrance, d'un déséquilibre, il conduit à une stabilité, à une harmonie, à une joie ! » Ozias Leduc, Fonds Ozias Leduc, Bibliothèque nationale du Québec.

Le peintre la regardait; il était loin, tout à coup, complètement en dehors de ce monde, dans une espèce de rêve. Son regard aigu saisissait le moindre petit détail avec une intensité fulgurante. Dix fois, il l'observa attentivement pour découvrir le mystère de ce sourire qui crevait le décor dans une seconde d'éternité. Il ne savait comment le capturer, il lui fallait le saisir instantanément comme par photographie, dans un silence absolu.

— Ne bougez pas, lui disait-il.

Et ainsi, de loin en loin, le sourire s'imprimait sur la toile, par petites touches de rose et de blanc, ou de noir, ineffable, indéfinissable, la main du peintre peignant il ne savait quoi, ni où ni pourquoi, par-delà la vie.

Ce petit sourire-là, il aurait pu le peindre à l'infini comme il l'aurait fait d'une falaise ou d'une coulée de neige blanche dans la montagne.

Le petit chemin rocailleux qui allait vers la montagne aurait été aussi beau à peindre. Le couchant faisait un ciel tout doux et diffus, les taches d'ombre des arbres sur le tapis d'herbe s'étaient quasiment effacées. La lumière du jour, stridente et éclatante, un glaive nu qui tranchait entre noirceur et clarté, s'estompait dans le crépuscule.

Le peintre était resté longtemps à contempler le Richelieu du haut de la montagne après le départ de son modèle. Il y avait de grands pins au pied de la falaise, des faucons pèlerins planaient autour du sommet, il voyait quelques hautes montagnes des Appalaches vers la frontière américaine. En plus des faucons, il y avait de petits vautours, des urubus au plumage noir et à tête rouge, des buses à épaulettes. La tourterelle triste et le geai bleu étaient présents aussi. Par beau temps, on pouvait voir jusqu'à quatre-vingts kilomètres au loin.

Il se rappelait son voyage à Paris. Du haut de la tour Eiffel, il repérait le bois de Boulogne, il voyait l'hôtel des Invalides, le Champ-de-Mars, les péniches amarrées aux quais de la Seine. On disait que le vent, lorsqu'il était suffisamment fort, faisait osciller de 10 centimètres le sommet de la tour. La Seine était un bijou, son bras était tout orné des bracelets de ses ponts, sa peau verte parcheminée s'étendait entre les rives plantées d'arbres. Longue et incurvée, elle ressemblait à un alligator paresseux, à un crocodile endormi, battu par les flots et qui ne sombrait pas, comme le disait la devise de la ville de Paris: *Fluctuat nec mergitur*. Il apercevait le Jardin des Plantes, la cathédrale Notre-Dame de Paris s'élevait dignement telle une grand-mère solide au-dessus des bâtiments parisiens, du palais du Louvre, du Grand et du Petit Palais.

À Paris, il avait rencontré des artistes renommés. Il se rappelait encore l'invitation du peintre Maurice Denis:

Paris, le 14 juin 1897.

Cher Monsieur,
Comme vous me feriez plaisir de venir en même temps que tous mes amis, mercredi prochain, à l'inauguration de ma chapelle. Vous verrez mes plafonds, vous me direz ce que vous pensez de l'art sacré. Vous savez que je tiens beaucoup à votre présence et à votre avis. Merci de votre lettre qui est un assez joli résumé de votre « symbolisme pictural » et de votre magnifique cadeau, je suis heureux de posséder ainsi votre interprétation de la « Tentation d'Ève par le Diable au Paradis terrestre ». Donc je me réjouis de vous voir bientôt, et je déplore que mes Ateliers d'art sacré, dont l'inauguration maintenant est si proche, accaparent tous mes instants et m'empêchent d'aller vous serrer la main. Excusez-moi donc, et agréez mes sentiments très amicaux.

Maurice Denis.

Le peintre avait cru s'endormir : tout d'un coup, il l'avait vue. Elle se penchait sur lui, lumineuse, rayonnante, il s'enfonçait en elle comme dans un lac calme, il entrait dans ses yeux, il n'y avait pas de frontière, c'était chaleureux, très doux, très tranquille, amoureux.

Un trouble l'avait gagné. Elle était nue comme une muse, une déesse, un imperceptible sourire glissait sur ses lèvres à la manière d'une brise venue de la montagne ; elle était immobile comme une tourterelle sur une branche de peuplier, parfaitement immobile.

— Et vous, monsieur le peintre, qu'est-ce que vous dites ?

Il avait eu envie de crier « Ne partez pas ! », mais s'était retenu. Il craignait que les portes de la nuit ne se referment sur elle et qu'il ne la voie plus.

— Ne plus dépendre de rien, disait l'ange d'une voix claire, détachée.

Le peintre hochait la tête, le rayon froid de la lune venait frapper son cœur.

— Voler dans les airs, ne plus dépendre des forces terrestres, oui, un monde libre... murmurait l'ange.

Le peintre sentait une main de fer qui serrait son bras, il fermait les yeux un moment, avait la nette impression de marcher dans son propre tableau *Crépuscule lunaire*.

La muse était belle, grande, une véritable statue, Ève au Paradis terrestre. Elle écrasait sous son talon un serpent dont on entendait le sifflement, un serpent noir qui cherchait à se glisser sous le tapis où priaient les disciples de Jésus. Dieu trônait sur un coussin doré. D'un geste, il aurait pu faire disparaître le serpent, mais il n'en faisait rien.

Le peintre cherchait à rendre *L'ascension* ou *La fuite en Égypte* ou *La multiplication des pains* véridiques et vibrants, il voulait qu'ils reflètent le plus de lumière possible, il voulait arracher les gestes à la matière opaque du monde.

— Alors, monsieur le peintre, vous voulez dématérialiser n'importe quoi, n'importe qui ? Vous voulez être le maître de la vie ?

Dieu, dans le tableau, avait sorti des poches de sa tunique un objet rond, bleu et blanc comme la Terre. Il le tenait dans la paume de sa main.

Un personnage se trouvait en arrière-plan, vert de peur et de rage. Il aurait voulu s'asseoir devant Dieu et lui voler son objet, il avait le front moite de colère. Il aurait voulu planter ses crocs dans le monde, mais le peintre ne le lui permettait pas.

— Tu as peur, hein ? Tu es une larve, Satan. Pourquoi viens-tu ici ? Ce n'est pas une place pour toi. Allez, va, retourne grouiller dans tes enfers !

— Je suis venu pour apporter la bonne nouvelle d'un monde meilleur, disait Jésus, pour sortir l'humanité de la ronde de la haine et de la guerre : aimez-vous les uns les autres.

C'était très intense. Le peintre voulait créer quelque chose de si beau que cela aurait le pouvoir de sauver les fidèles de leur misère et de leur état de péché.

À demi nue avec une mèche blonde sur le front, elle était belle, toute droite, immobile, les cheveux au vent.

Dans un autre tableau, il avait décidé de la peindre dans la forêt entourée d'arbres, attendant Jésus.

— Jésus lui lavait les pieds….

Elle posa un doigt sur le bout du nez du peintre, elle avait l'air très sérieuse.

— Alors, ils vont vraiment le crucifier et nous restons là les bras croisés ? demanda le modèle à l'artiste. Il nous a promis une terre heureuse, et qu'avons-nous eu jusqu'ici, je vous le demande…

— Ne bougez pas, disait le peintre.

Il s'était assis sur un rocher près d'une petite source et avait tiré une flûte de sa poche pour la lui donner. Elle l'avait prise dans ses mains et en avait joué. Elle l'avait regardé avec ses grands yeux foncés. Il voulait la faire lumineuse, comme émergeant des ténèbres et annonçant la joie nouvelle. Ses cheveux flottaient dans le vent. Le corps prenait de la densité sur la toile. C'était Ève, irrésistible, la tentation pure. Le peintre ne maîtrisait plus ses forces, il perdait la source de son rythme, de son inspiration, le pinceau lui tombait des mains.

Il regardait les pommiers, la lune au-dessus du verger comme une boule de cristal. Il regardait intensément sa muse dans la forêt, peut-être ne la reverrait-il jamais. Il la contemplait pour en absorber toute la beauté et toute la couleur, son regard ne se lassait pas.

— Ne partez pas, disait-il.

Il caressait ses cheveux doucement sur la toile, il la fixait comme on plonge dans un lac clair, comme on se perd dans la forêt. Son ami l'abbé Maurault avait posé une main sur son épaule.

— Vous voulez rester encore, mon ami ? Il se fait tard... venez, rentrons.

Le peintre ne voulait rien, il était plongé dans une sorte de rêve. Il observait le bel ange s'effacer derrière le rideau de la nuit, il lui semblait être sorti un instant de la grande marée humaine pressée et sombre, qui ne savait où elle allait, il lui semblait que s'était ouverte dans les ténèbres une grande brèche lumineuse où Dieu le Père, entouré de ses anges, était venu parler.

Il s'était arrêté, sa toile sous le bras, s'était appuyé au mur de la grange à pommes et avait fermé les yeux pour ne pas perdre le souvenir de cette vision.

Il essaierait de toutes ses forces de peindre intensément les reflets de ce soleil éternel, à la manière d'un aveugle qui se remémore tant bien que mal les jours de lumière de son enfance.

Le mont Saint-Hilaire diffusait son énergie comme un gros morceau d'uranium pur. La pleine

lune éclairait le dos rugueux du mammouth tranquille.

Le peintre laissait entrer le silence qui venait de
partout et qui créait une sorte de bulle bienfaisante
autour de lui. Il laissait filtrer dans son âme ce doux
vin d'un raffinement inouï. C'était une apaisante et
exquise coulée sans faille, tout le contraire des contrastes accusés, abrupts et impérieux de la passion;
c'était un vin joyeux, rosé, mousseux, un champagne
qu'il buvait à petites gorgées, voluptueusement.

Il avançait dans son verger. Il écartait les branches des pommiers et protégeait son visage de son
bras levé… il avait une vision : son atelier brûlait. Il
fixait les flammes qui achevaient de consumer Correlieu, son regard ne pouvant plus se détacher de cette
image ensorcelante.

Il cherchait ses anciens amis : Guy Delahaye,
Robert LaRoque de Roquebrune et sa femme, Josée
Angers, Léo-Paul Morin et Olivier Maurault. Était-
ce la vue de son atelier, qu'il avait jadis bâti de ses
mains, aujourd'hui ravagé par le feu, qui lui donnait
cet air malheureux ? Sans doute y avait-il quelque
chose qui s'ouvrait dans son cœur, sans doute avait-il
le goût de se précipiter dans l'incendie. Qu'est-ce qui
le retenait ? Il avait tant peint, tant lu, tant conversé
dans ce lieu !

Son corps était une lumière qui chantait dans la
nuit, il représentait la Beauté qui ne se montrait

qu'aux âmes simples. Il était devenu l'ange de ses tableaux.

Le peintre pénétrait dans le brasier, passait la tête par la fenêtre qui donnait au nord et scrutait la nuit autour de lui. Les rayons de la lune éclairaient de temps à autre le dos nu de la montagne. Il surveillait chaque flamme, chaque éclair de lumière, comme si c'était lui qui avait animé ce tableau.

Le verger était là à dix mètres de lui, à portée de la main. Tout était silence. La grande montagne ressemblait à un géant endormi. Il n'y avait pas un oiseau, pas un courant d'air, le ciel était semé d'étincelles et il y avait cette odeur âcre du feu dans l'air capiteux de la nuit d'été.

La lune était une fleur fraîche qui s'ouvrait sur la nuit, elle glissait lentement entre les pommiers et se cachait derrière la grange à pommes. Une étrange expression se lisait sur le visage du peintre.

Ce rêve était réalité pour lui, il lui semblait vraiment tenir son atelier dans ses bras. Tout était demeuré intact, comme avant. C'était bien l'atelier, mais encore plus vrai que nature, c'était l'essence même de ce lieu avec une sorte de pureté et de tendresse sereine.

Le peintre traversait son atelier tel un fantôme. Il semblait envahi par une profonde tristesse. Il avait souvent cru que la Beauté lui échappait, mais jamais il n'aurait vendu son âme au Diable pour la posséder.

— Que fais-tu là, fils de mon frère ? demandait doucement le peintre à son neveu.

Le neveu, effarouché et incrédule, voulait fuir.

Les plis de la montagne tombaient et s'étalaient dans le noir tels ceux d'un immense manteau, le verger à moitié enfoui dans son ventre.

— Il n'y a pas de secret, pas de truc magique, il faudra que tu prennes le temps de goûter, disait le peintre.

— Ça, je le sais, marmonnait le neveu.

— Non, tu ne le sais pas, s'entendait répondre le peintre. Écoute la voix de la montagne, écoute la voix de la pinède et du verger, la voix de la vallée. Aime leur âme toujours plus belle, toujours plus désirable, poursuis-la, il ne faut pas qu'elle te quitte, il ne faut pas que tu perdes espoir. Mon neveu, c'est toi qui as mis le feu, je le sais.

— Ha ! Ha ! ricanait le neveu.

Le peintre marchait en vacillant au milieu du brasier. Les flammes, comme de grandes fougères rouges, léchaient les murs de Correlieu et il aurait été insensé de tenter d'y récupérer un seul tableau, de sauver la bibliothèque et la table basse chargée de livres d'art et de dessins, de mettre à l'abri le violon du peintre, son mannequin de bois et tous ses outils de travail.

— Un jour, la Beauté vaincra… mon atelier était là, tapi au pied de la montagne, caché aux yeux des passants, mais Correlieu vivra dans la mémoire des humains. Ce rendez-vous de la Beauté n'était pas une illusion, il était dans le chant des oiseaux, dans la brise du matin, dans le regard des enfants... Mon neveu, ne laisse pas ton regard se durcir à mesure que tu grandis, ta fantaisie se dissoudre, il reste en toi encore un peu de cette magie de l'enfance.

Ozias Leduc (portant la barbe) et ses collaborateurs,
dans l'église de Saint-Hilaire pendant la décoration de 1898.

2

Il rêvait du ciel…

Cette nuit-là, le Démon était apparu à Ozias en ricanant. Il s'était moqué de son travail de décorateur d'églises, avait condamné son aspiration, la qualifiant de grande illusion. Peindre la chapelle d'un évêque, quelle idée saugrenue!

L'obsession de la perfection hantait le peintre, de même que le souci de la Beauté.

Mais aucune recette secrète… se disait Ozias, aucune règle clairement formulée d'un art parfait n'existait… L'art, perpétuel devenir, était le miroir spirituel de l'Univers.

— Ozi, écoute-moi, murmura Satan à l'oreille d'Ozias. Écoute-moi, je peux te donner plus de force encore, je peux te faire rencontrer les grands collectionneurs, je peux remplir ton carnet de commandes, je peux faire de toi le peintre le plus célèbre de la terre. Laisse tes églises et tes chapelles, ce n'est pas la vraie peinture ça, tu perds ton temps et ton talent. Ozi, écoute-moi...

Ozias était installé à l'évêché de Sherbrooke, au troisième étage, chambre 320, où il y avait deux grandes fenêtres centrales, façade ouest, par où pénétrait la lumière de la pleine lune. Le lendemain, il devait s'entendre avec les menuisiers sur le déplacement des échafaudages dans la chapelle ; ensuite, il rendrait visite à l'architecte Audet, avec qui il discuterait de la suite de son projet.

— Va-t'en, Satan, laisse-moi dormir ! Demain j'ai beaucoup à faire, il faut que j'enduise les voûtes de la chapelle d'huile de lin. Tes mimiques de singe ne valent rien à côté de la croyance que je garde en moi. C'est toi le mirage, Satan, tu es l'illusion et le mensonge.

— Écoute Ozi, susurra le Démon, tu peins des tableaux que personne ne voit ; je pourrais, moi, te faire connaître. Consacre-toi entièrement à ta peinture, à ton œuvre personnelle, laisse tomber toutes ces décorations d'églises. Tu n'as qu'un petit nombre d'amateurs...

— Va-t'en ! cria Ozias dans son lit.

Il était deux heures du matin et le peintre voulait dormir.

Ozias s'efforçait de se remémorer les moindres traits et détails du Diable, car il voulait le peindre dans des scènes de tentation, celle d'Adam et Ève en particulier. Pourvu qu'aucun prêtre ne fût réveillé par les blasphèmes du Diable, par ses ricanements ou par son odeur! On aurait cru Ozias possédé du Démon avec tout ce charivari en pleine nuit!

Le peintre ne voulait pas se laisser envahir par le doute et le manque de confiance en lui, il ne voulait pas que ses peurs et ses appréhensions le paralysent, que le défaitisme l'engourdisse et le pousse à la paresse, à l'inertie, le jette dans une léthargie profonde. Il souhaitait continuer de peindre les cieux et parler des choses élevées, il aimait le travail bien fait, il croyait qu'il était utile, que des milliers de fidèles étaient heureux de méditer sur ses décorations.

Le peintre refusait que s'éteigne en lui le feu sacré. Il y avait tant de vies endormies, où toute action était condamnée à mourir avant de naître, où tout était tué dans l'œuf, où toute initiative et tout élan étaient arrêtés, toute chaleur du cœur, enfermé dans la poitrine, évacuée.

— C'est ça, le Démon, se disait Ozias en essayant de se rendormir.

Les diables encerclaient la terre de leurs tentacules, ils l'étouffaient, sans relâche ils travaillaient au refroidissement des âmes, ils s'acharnaient à anesthésier tous les mouvements sincères, ils tuaient la

Beauté à petit feu, ils s'ingéniaient à contrer les flots jaillissants de bonheur et d'aspiration qui émergeaient parfois spontanément de l'être humain comme un geyser puissant et nouveau.

Ozias avait hâte de voir le jour se lever, car il irait, après un bon déjeuner, au réfectoire, se mettre à la tâche; la flamme renaîtrait en lui après cette nuit d'insomnie, de doute et de non-être, la lumière triompherait une fois de plus.

Un ange lui apparut au pied de son lit; Ozias se releva sur ses coudes et se mit à prier.

— Oh! Guidez ma main dans le noir du temps, dans le noir de mon doute et de ma faiblesse, implorait Ozias. Dites-moi, est-ce que je dois continuer? Je doute! Il me semble que je pourrais faire mieux, j'ai cinquante-huit ans, et j'ai l'impression de ne pas avoir la maîtrise de mon art! J'aimerais savoir évoquer par ma peinture les lointains paradis de l'âme, en quelques coups de pinceau. Dieu m'a-t-il donné le talent et la ferveur nécessaires? Chaque geste devrait être subordonné au besoin impérieux d'élever l'âme. Tout devrait être affaire d'atmosphère et d'impression dans mes toiles, j'aimerais parvenir à exprimer, avec pudeur et délicatesse, l'inexprimable. Ma peinture est sous-tendue par une quête de vérité profonde: elle veut révéler la quintessence du cœur humain. J'aimerais conférer à mes décorations une tranquillité sereine où la contemplation deviendrait possible.

Le peintre rêvait à Correlieu, à son cher verger de Saint-Hilaire. Ah! il se serait bien contenté d'être pomiculteur et menuisier comme son père Antoine. Il serait bien resté enfant de cultivateur, si le destin n'en avait pas décidé autrement. Ah! comme il aurait eu l'esprit en paix à soigner les animaux toute sa vie, à sarcler le jardin, à tailler les pommiers, à faire les foins, à ramasser les œufs des poules.

Au lieu de cela, il était devenu décorateur d'églises. Il avait décoré l'église Saint-Charles-Borromée de Joliette, celle de Saint-Hilaire, puis celle de Saint-Michel de Rougemont, celle de Sainte-Julie de Verchères, celle de St-Ninian à Antigonish en Nouvelle-Écosse, celle de Saint-Romuald de Farnham, celle de Notre-Dame-du-Bonsecours à Montréal, ne s'arrêtant plus de peindre des Ascension, des Pentecôte, des Assomption, des Sermon sur la montagne, des Pêche miraculeuse, des Adoration des mages, des Couronnement de Marie, des Sainte-Famille en Égypte, des Jésus au mont des Oliviers, des Résurrection du Christ, et des anges, partout des anges, des anges rêveurs…

Au début, sa situation matérielle avait été si misérable que lui, le peintre de chefs-d'œuvre tels que *Cumulus bleu* et *Fin de jour*, *Pommes vertes*, *Neige dorée* et *Lueurs du soir*, s'était trouvé heureux de pouvoir employer la plus grande partie de son temps à peindre une foule de petits anges dans les églises de la province de Québec.

Il rêvait du ciel depuis qu'il était né sur la terre !

Le succès inespéré de ses saintes compositions n'avait plus cessé de lui attirer d'autres travaux lucratifs. Ces œuvres d'église avaient été, par leur nombre, les plus importantes de sa vie de peintre.

S'il était certain que le style et la pensée religieuse avaient fait subir un changement nouveau à son œuvre, sa peinture d'église n'avait pourtant jamais atteint la transfiguration merveilleuse d'une *Fin de jour*, de *Crépuscule lunaire* ou de *L'heure mauve*.

Il n'y avait rien d'équivalent dans toute son œuvre de commande, on n'y retrouvait pas cette tendre inspiration qui s'accompagnait d'une touchante émotion poétique, d'une subtilité qui s'appuyait sur toutes les ressources du métier le plus fin et le plus approfondi.

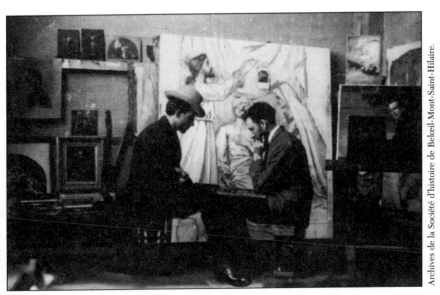

Dans son atelier, Ozias Leduc (à droite) et son frère Honorius
jouent aux dames devant la toile *La mort de saint Joseph,*
en cours d'exécution pour l'église de Saint-Hilaire (1898).

3

Fond bleu semé d'étoiles d'or

Monseigneur l'évêque Larocque, qui était malade, avait envoyé au peintre un bon mot d'encouragement. Ozias lui avait fait dire qu'il avait terminé le bleu, qu'il avait commencé à appliquer une autre teinte à l'huile, composée de jaune ocre, de terre d'ombre ocre et de blanc de plomb sur les autres parties de la voûte et sur les colonnes.

Il resta assis un moment sur le bord de son lit. Découragé, il écoutait battre son cœur, les yeux grands ouverts dans la nuit sur les hauteurs de Sherbrooke.

Sous la lune, il voyait couler, au delà de la rue Wellington, la langoureuse rivière Saint-François ;

elle s'écoulait en silence depuis Lennoxville entre les
berges et les îlots sablonneux, folâtrant sous les
grands saules chevelus. Ozias aimait les paysages, il
aimait profondément la nature.

La Saint-François le consolait de son éloigne-
ment, elle lui rappelait sa vie rustique. Il aimait
regarder la rivière évoluer. Elle se déployait doucement, sensuellement. Il se plaisait à étudier ses
reflets lumineux et ses chatoiements, à suivre son
courant lent et à voir se juxtaposer à l'infini ses plans
clairs et sombres, ses tons froids et chauds qui se
fondaient dans son mouvement.

Il imaginait une femme étendue : la lumière
dorée et enveloppante créait une atmosphère sensible, chaude et idyllique autour d'elle. L'élégante et
calme irradiation de son grand corps svelte l'apaisait.
La femme semblait bouger, des îlots sombres rappe-
laient les courbes de son corps, là même où le
peintre avait déjà aperçu des pêcheurs à la ligne et
des hérons s'installer pour surprendre le poisson.
Entraînée par la gravité, l'eau s'écoulait le long de la
douce pente, se laissait glisser avec insouciance
comme un serpent d'argent entre ses rives.

Ce soir, le peintre avait le cœur romantique, la
solitude lui pesait. Il se serait étourdi, il serait aller
flâner, serait entré dans un bar, rue King, à l'hôtel
New Sherbrooke peut-être, si cela avait été son
genre. La rêverie l'emportait un instant, il se voyait

ébaucher une idylle nocturne avec une jeune et angélique personne. Le vent chaud caressait sa tête, la nuit était capiteuse, enivrante.

Le peintre était subjugué, il pressentait qu'il ne pourrait jamais peindre assez bien pour rendre toute la beauté de sa vision. Il recherchait une transparence impossible, inaccessible, et sa touche lui semblait grotesque. Il aurait voulu alléger sa peinture et la dématérialiser, la rendre aussi translucide que ce corps de lumière argentée qui brillait sous la lune.

Poser du mastic dans toutes les petites fissures.

Laver tous les murs.

Astiquer toutes les boiseries à l'intérieur de la chapelle.

Réparer les sections endommagées, préparer les surfaces.

Les matériaux devaient être de toute première qualité, les couleurs parfaitement mêlées, et les teintes employées seraient pâles. Dans son plan d'ensemble de la décoration de la chapelle, Ozias voulait que la simplicité s'allie à la richesse.

Un ange prendrait le peintre dans ses bras et le serrerait contre lui, telle une frêle fougère. Il prendrait ses mains et les baiserait, il passerait ses doigts fins sur les sourcils du vieil homme comme pour l'aider à rêver ou effacer toutes ses misères.

Il se surprenait à penser au décor de la voûte de sa chapelle : signification, disposition, dessin, couleurs. Fond bleu profond semé de croissants et d'étoiles d'or.

En certains points, ces croissants et ces étoiles de différentes grandeurs seraient jetés confusément sur le bleu pour donner l'apparence de la voie lactée.

Un chaos qui peu à peu progresserait et s'ordonnerait dans le ciel en un semis régulièrement disposé. Cela symboliserait l'état de confusion et de trouble où s'étaient retrouvés Adam et Ève après leur chute.

La tête du peintre s'inclina de côté comme pour s'appuyer sur une épaule. Il se mit à pleurer comme un enfant et s'allongea sur son lit. Il sentait la présence d'une femme près de lui, il la voyait avec son visage d'ange, c'était elle qui le poursuivait depuis si longtemps. Ce n'était pas du tout la tête du Démon qui lui apparaissait, mais une délicieuse tête dorée avec des yeux de jade. L'ensemble était d'une beauté poignante.

Cette apparition le fit sombrer dans l'engourdissement le plus pur, il éprouvait une sorte de paix physique après les tortures de la solitude éprouvées durant la journée.

Il lui semblait que l'espèce de voile qui le séparait du ciel s'était déchiré tout à coup, tous les détails du corps de l'ange lui étaient visibles, non pas vagues et confus, mais si précis, il pouvait le vérifier sur-le-champ, par le toucher de ses mains tremblantes du désir de découvrir les justes proportions du corps de la jeune femme couchée près de lui.

Il lui semblait que toutes ses blessures étaient pansées par cette beauté toute fraîche qui s'offrait à lui.

Il avait l'impression qu'une douceur, une grande douceur, pouvait faire pleurer. À son âge, il était surpris de constater qu'il était plus sensible que dans sa jeunesse, des larmes venaient à ses yeux facilement maintenant, son cœur s'était liquéfié avec les années — peut-être était-ce à cause de ce sacré métier de peintre —, qu'il dérivait et baignait dans l'eau de sa peine. Il n'avait plus de protection solide, il était tout fragile, mais la gamme de ses expériences s'était élargie du côté autant de la douleur que de la joie.

Ni lui ni elle ne parlaient, lovés dans un silence entrecoupé de soupirs d'extase. Il la contemplait fixement, on aurait dit qu'il la peignait, qu'il la sculptait dans sa mémoire.

Il faudrait continuer d'appliquer la couche d'impression du chœur, des voûtes et des colonnes. Il faudrait commander de l'or, du bronze et du bleu outremer, une pierre à aiguiser, une chopine de vernis, six crayons, du plâtre de Paris, du noir de fumée, du blanc de plomb, de la terre d'ombre, de la terre de Sienne, de l'ocre jaune, trois brosses à plancher, deux gallons de térébenthine, de l'huile de lin, des chandelles, de la toile de coton, du papier, des pinceaux à découper, des pinceaux à pocher, du chrome, du papier de verre, un manche de marteau, des limes, quatre livres de mordant et une chopine de siccatif.

Il rêvait à l'œuvre, non pas à son œuvre, mais à une œuvre, à un travail bien fait. Le découragement était son plus grand ennemi.

Il ferma les yeux et vit la voûte qu'il allait peindre le lendemain. Dans son rêve, il dépassait ses limites, il laissait libre cours à son imagination. Il rendait à la chair toute sa lumière.

La Beauté ne rampait plus sur terre, elle s'élevait, les fidèles étaient libres de s'imaginer goûter sans fin aux nourritures célestes, ils ne connaissaient pas encore leurs délices, mais le peintre voulait leur faire soupçonner ces paradis infinis.

Ozias se retourna et constata avec effroi que la main glaciale de la mort était passée sur sa jeune compagne. Son corps était pétrifié, son regard levé au ciel le suppliait de ne pas la quitter.

Le peintre joignit ses belles mains et l'embrassa sur le front, les larmes aux yeux.

Il aurait voulu s'abandonner à un dernier tête-à-tête avec l'ange, mais les démons se montraient amers et vindicatifs, enragés de ne pouvoir détruire la beauté du cœur d'Ozias. Ils voulaient piéger la Beauté, la tuer, mais elle fuyait chaque fois, comme du sable fin entre les doigts velus des anges déchus, elle filait impalpable et sereine, victorieuse, impossible à capturer, impossible à mettre en cage. Elle se cachait dans le regard du peintre, là où elle ne risquait rien.

Ozias Leduc, dans son atelier de Correlieu, devant ses œuvres
Pigeons, *Le jeune élève*, *Mater dolorosa* et *Nature morte*.

4

« Inextinguible est la peine d'aimer[1] »

— Ozi, je vois que tu cherches comment décorer la voûte du chœur. J'ai vu que tu avais commencé à mettre en place un Rosier mystique et des

1. «C'est le soir. Eh oui! Le cœur alourdi de la peine d'aimer, je sombre dans le sommeil. J'ai rêvé. Minuit. Cette peine d'aimer; celle lancinante au fond du cœur ne me quitte. J'ai en mon cœur fait une promesse, la promesse de dire un mot à Celle de mes préférences. Eh oui! que ce mot donc lui dise le monde, l'âpre monde où s'agite, sans s'épanouir, mon idéal… notre monde bâtard où la folie domine et crie, où l'homme prie, haletant du désir de ne plus souffrir, notre monde d'artifice voulu pour la lutte et le sacrifice, notre monde veule au cœur inconstant, jour partagé d'ombre, jour de l'élévation de l'homme vers la lumière… Eh oui! en ces mondes, se résume et fleurit, intense toujours, la peine d'aimer… Eh oui!.. inévitable et inextinguible est la peine d'aimer… » Ozias Leduc, Fonds Ozias Leduc, Bibliothèque nationale du Québec.

fleurs blanches au cœur d'or. C'est dommage, mon ami, j'ai tant d'admiration pour toi et beaucoup pensent comme moi que tu perds ta vie avec ces curés. Tu peins extraordinairement bien : ces feuilles vertes qui se détachent sur le fond bleu de ta voûte, ces panneaux que tu entoures d'une petite bordure semée de lys à demi ouverts ! Tu as du goût, Ozi mon ami, un goût sûr. Et ce fond vert, en rappel des feuilles du Rosier mystique, excellent, délicat, fin, mon ami !

— Va-t'en, je suis assez vieux pour décider par moi-même de ma vie ! Ce n'est pas aujourd'hui que je vais abandonner. Ceux qui te font confiance courent à leur perte.

— J'en ai aidé plusieurs, tu sais.

— Oui, Vilain, tu en as aidé beaucoup à suivre leurs mauvais penchants et tu les as vaillamment conduits à leur ruine. Va-t'en, vilaine bête !

— Je t'observe, Ozi, et je te devine, même si tu es impassible, attentif à ne rien trahir de tes sentiments. Je sais que tu es un solitaire fugitif qui regarde distraitement et avec humour ce monde où rien ne te plaît vraiment. Profondément déçu et seul dans tes trains, tes gares et tes chambres d'évêché et d'hôtel, dans tes églises, tu voudrais être libre comme l'air, tu continues de chercher dignement, courageusement et lucidement, je t'admire !

— Arrière! crie Ozias dans sa chambre. Arrière Démon! Laisse-moi dormir, je dois me lever tôt demain pour travailler.

— Ozi, je te le dis, je t'admire! Tu continues ton voyage avec élégance au milieu de la misère morale et physique de ton époque et cela, malgré la pauvreté et l'angoisse. Tu caches ton désarroi et tu ne le montres pas, tu le gardes bien tapi au fond de ta grande malle. C'est ce goût d'une liberté impossible qui m'émeut.

— Au diable, décampe, monstre, va-t'en! s'écrie dans la nuit le peintre excédé.

Ozias saisit un objet. Est-ce un vase, une chaise, un cahier, un oreiller? Il n'en sait rien. Il veut lancer l'objet dans la direction de Satan avec toute la rage qui le possède et qui décuple ses forces. Mais l'ange réapparaît soudain et retient son bras d'un seul geste de la main; dans un éclair de lumière, il chasse le personnage et réussit à dépouiller le Vilain de tous ses pouvoirs.

Satan disparu, Ozias s'assoit sur le bord de son lit, les jambes flageolantes et les larmes aux yeux. Il est tout courbaturé, il a mal au dos d'être tant monté dans les échafauds de la chapelle, il a mal aux mains d'avoir tant mastiqué, la peau fendille et des crevasses douloureuses sillonnent la peau des paumes jusqu'au sang. L'ange lui prend la tête entre les mains, la couche contre sa poitrine et la caresse doucement.

— La peinture est mon aventure sur la terre, soupire le peintre.

— Tu dois aller jusqu'au bout de ton travail, dit l'ange.

— Mon œuvre n'est encore ni ceci ni cela, soupire Ozias.

— Petit à petit, elle doit se réaliser.

— Je me sens encore un apprenti, chuchote Ozias.

— Tu ouvres la voie, tu fores un passage inédit, le rassure l'ange.

— Je me sens soumis à des lois physiques inexorables.

— Mais, mon cher Ozias, tu as déjà goûté à quelques instants de lumière. Tu connais la loi de la création. Tu as vu et as senti agir en toi la suprême étincelle, n'est-ce pas ?

— Eh oui ! perpétuellement, nuit et jour, depuis que je suis né, depuis l'âge de quatre ans jusqu'à aujourd'hui, je n'ai voulu que ça, n'ai pas eu d'autre intérêt dans la vie, n'ai pas oublié une minute que c'était ça que je voulais, la peinture.

Quand Ozias comprend enfin au milieu de ses larmes que l'ange est bel et bien assis à côté de lui et que Satan est parti, il se met à sourire, il cesse de se plaindre ou de s'offusquer, il ne s'impatiente plus et rit de lui-même. Il n'a plus mal aux mains ni au dos, il est sous l'emprise d'une grâce, il se laisse aller et il rit, tous ses maux sont si drôles tout à coup, il rit et cela lui fait grand bien, il ne désire plus rien d'autre que cette coulée d'or de rire dans sa gorge. Il reprend confiance en lui : la peinture, il veut s'y consacrer entièrement dans l'amour, il veut enfreindre toutes les lois physiques contraignantes, dépasser les causes et les effets, il veut sortir de ce petit cercle astreignant, il veut, il veut de tout son être, il veut tellement se donner sans réserve, il n'a qu'une volonté absolue : peindre.

Ozias s'abandonne au sommeil, son corps se met à l'abri des réalités concrètes si solides, si compactes, des réalités immuables qui font les maladies et les maux de tous les jours, il se repose avant de reprendre son dur labeur du lendemain.

Il rêve. Fond bleu taché de violet, deux ou trois tons. Les feuilles vert roussâtre, jaune orange, bleu verdissant. Les fleurs blanches, roses, bleues. Filets blancs, tiges rousses. En haut, les prophètes en couleurs, les anges blancs avec un rappel de bleu. Drap bleu et or descendant jusqu'au bas de la bordure et se détachant sur un champ de tons plus clairs et orné dans le sens de la verticale. L'ornementation de l'arc du chœur : division en dix-huit panneaux, les fleurs sur un fond d'or, tout cet ensemble serti de traits bleu sombre ou cerise et se tenant parfaitement, harmonieusement enveloppé. Il pense à un rosier ou à un lys.

Le lendemain, Mgr Larocque chante la messe et
le peintre le trouve beau, vraiment imposant, avec
quelque chose de paternel dans ses habits de
pourpre et d'or. Il ferait un magnifique Dieu le Père.
Ozias lui montre une esquisse au fusain de la résurrection de Lazare; un geste concentrique des mains
de Jésus élevées à la hauteur de sa poitrine attire
Lazare, titubant et hagard, hors du sépulcre, miracle
d'amour. Il lui montre aussi l'esquisse au fusain de la
Nativité où la Vierge, lasse et triste, détourne la tête
de l'Enfant qu'elle contemplait; sa science de l'avenir l'accable : au ciel, des couleurs éclatantes et une
grande luminosité, contrastes de bleus sourds et
d'orangés.

> *J'ai fait ce rêve*
> *Le rêve d'un jardin de beauté*
> *Beau comme le Paradis du passé*
> *Celui d'avant le péché*

Inextinguible est la peine d'aimer! Josée Angers
de Roquebrune! Il avait fait son portrait et s'était
épris d'elle. Il y repense encore huit ans plus tard.
Elle était retournée en France avec son mari, Robert.
Quel beau visage, quelle conversation, quelle fraîcheur! Un ange sur terre, une créature divine. Ah,
Josée! La nuit, il en rêvait tant qu'il prononçait son
nom dans son sommeil, de sorte que Marie-Louise,

son épouse, s'était inquiétée et en avait parlé un jour à Robert. Ozias avait été si triste de ne plus la revoir, il lui avait fait cadeau du portrait, il ne les avait plus revus. Josée écrivait toujours de Paris. La reverrait-il jamais? Il souffrait de son absence.

Il lui semble que sur terre la Beauté nous échappe continuellement.

La Beauté, c'est ce qui nous fait le plus mal, pense Ozias de retour à l'évêché. Si nous tolérons tous ces démons qui pullulent sur la terre, c'est grâce à elle, nous rêvons d'elle, si seulement elle pouvait se tenir à proximité, elle empêcherait de plus vastes ravages ici-bas ou de plus profondes coupes aveugles dans le cœur humain. Mais l'heure n'a pas sonné et toute la terre, comme Ozias, crie de douleur, l'humanité se débat dans le mensonge et la guerre, il faut vraiment être sincère, notre sincérité est la seule chose que le Démon ne peut pas détruire.

Ah! Josée Angers! Ah! le moindre rêve humain finit un jour par se briser! Il éprouve, en pensant soudain à sa déception, un grand dégoût de la vie, tout ce qu'un homme peut entreprendre lui paraît futile. Ah! si la Beauté habitait plus proche, elle nous montrerait que tout n'est pas perdu.

On frappe à la porte de la chambre. Qui cela peut-il bien être à cette heure avancée de la nuit, sinon Satan encore, le vieil édenté à la mauvaise haleine? Le peintre hésite à ouvrir, mais avance courageusement, va jusqu'à la porte et demande qui est là.

— C'est Josée, dit une voix.

— Josée? répète le peintre interloqué.

— Josée Angers, monsieur Leduc. Je suis venue vous voir pour vous parler des peintres de Paris. Robert est en bas, il discute avec Mgr Larocque. J'ai pensé que nous pourrions faire un brin de causette...

Ozias n'en croit pas ses oreilles. Rêve-t-il? Josée Angers, son amour à qui il a pensé chaque jour, qu'il ne comptait plus revoir. Quoi! elle ici, si tard dans la nuit!

Non, il ne veut pas le croire, il ne peut pas le croire. Il hésite, tout tremblant. Il veut lui demander quelque chose encore. Il veut entendre de nouveau sa voix pour être bien sûr qu'il ne se trompe pas... Il se secoue. La voix s'éteint. C'était un rêve. Que serait-elle venue faire à Sherbrooke[1]?

Josée, il l'avait peinte. Il en était fier. Oh! il voudrait la repeindre une nouvelle et dernière fois, il voudrait cette nuit, dans le silence et la paix nocturnes, caresser la toile de son pinceau pour célébrer la beauté de cette angélique créature!

---

1. «L'homme et sa compagne furent un trouble dans les prévisions de son Auteur. Car le Mal, celui des anciens jours, en souvenir d'un ciel perdu, gonflé d'orgueil et de vengeance, tenta ces heureux.» Ozias Leduc, Fonds Ozias Leduc, Bibliothèque nationale du Québec.

Elle était à la fois solennelle et joyeuse. Quand elle avait posé pour lui à Correlieu, Ozias avait étudié son visage pendant des heures. C'était comme une chasse au trésor qu'il avait poursuivie à chaque séance de pose, presque sans interruption. La nuit, en rêve, il la peint encore, il l'appelle.

Non, il ne réussira jamais à rendre justice à cette beauté, à ces contours, malgré toute la sensibilité de son dessin. Ce visage aux effets imprévus et charmants lui échappera toujours, il le craint.

Non
Nous ne pouvons
Dire en paroles
notre cœur
insaisissable
qui, sans cesse,
se dépasse
puis revient
plus altéré
Non !
Nous ne pouvons le dire[1] *!*

Après chaque visite de Josée, le peintre examinait le portrait inachevé et il avait envie de l'abandonner. Il voulait donner libre cours à sa fantaisie

---

1. Ozias Leduc, Fonds Ozias Leduc, Bibliothèque nationale du Québec.

décorative, il cherchait l'expression la plus libre et la plus heureuse, inspiré par les plus beaux anges qu'il avait peints. Il avait placé derrière elle des fleurs, des livres.

Il voulait peindre Josée avec d'élégantes arabesques, d'une main sûre, sereine et dépouillée. Parfois il avait du mal à calmer son ardeur exacerbée et quasi dramatique et il laissait transparaître une sensibilité émue et trouble. Sans doute aucun autre portrait ne lui avait donné autant de mal.

Il cherchait à fondre cette nervosité dans un bien-être enthousiaste sur la toile, mais évidemment il n'y arrivait pas.

Josée, il l'aurait peinte à grands coups de pinceau, avec des jaillissements fous et romantiques.

Dans un bel effet de clair-obscur mystérieux et dans une extrême délicatesse de tons, il avait voulu lui dire qu'elle était la Beauté, cette Beauté à qui il désirait rendre hommage avec toute la force de son talent.

Paul-Émile Borduas, élève d'Ozias Leduc de 1921 à 1927,
photographié en 1932 à Saint-Hilaire, son village natal.

5

Le vert des feuilles
du Rosier mystique

Ozias revoit en pensée les mots de Josée écrivant
à Marie-Louise, cela le console : « Vous devez
être bien seule dans votre montagne quand monsieur
Leduc part en tournée… Je souhaite qu'il vous
revienne très vite et pour longtemps, ne le laissez
plus voir de curés ni d'évêques ! »

L'eau de la rivière Magog dévale les rochers
comme une bête affolée, court dans les ornières de
son lit, gronde de sa voix mouillée. Le peintre fait un
effort pour chasser les mauvais rêves de la nuit passée. Il croit apercevoir un individu qui se dirige vers

lui avec le même silence et la même démarche inquiétante que le diable de son cauchemar.

— Reviens, soleil, prie le peintre, reviens réchauffer mon pauvre cœur. Si je m'écoutais parfois, j'abandonnerais tout.

Les mots de Josée le poursuivent: «Un certain soir où nous mangeâmes de très bons épis de blé d'Inde sur le premier plancher de votre maison en construction.» Elle, son mari Robert et Léo-Paul Morin, le pianiste, avaient passé tout l'été de 1918 sur la terre du peintre; ils logeaient dans l'entrepôt à pommes. Ah! le temps a passé, ses amis reviendront-ils jamais?

Le peintre est songeur. Il s'ennuie de sa pommeraie de la montée des Trente à Saint-Hilaire, de Correlieu, son atelier. Il y aurait de l'ouvrage pour lui au verger. Il faudrait tailler les petits pommiers et faire des greffes, sarcler, préparer les faux et les râteaux.

Les pommes et la peinture, cela se ressemble énormément pour Ozias: monter dans une échelle dans la pommeraie ou dans un échafaud dans une église, tailler un pommier ou peindre la bordure de la tunique d'un ange, greffer une pousse de «fameuse» sur un sauvageon ou mélanger les couleurs, scier et bûcher du bois, ramasser les œufs et traire les vaches, réparer la clôture ou dessiner les croquis et prendre les dimensions des vitraux, peindre au pochoir sur les colonnes et étendre une couche de bleu azur sur les voûtes d'une chapelle, tout cela tient du même geste pour le peintre.

Il emprunte la rue Wellington jusqu'à la rue King. Il s'arrête sur le pont Aylmer et regarde la rivière Saint-François flâner au creux des berges et couler doucement vers Bromptonville, Windsor et Richmond, cette rivière qui le fait tant rêver quand le train la suit dans tous ses méandres.

Le vent est léger, de fines gouttes de pluie frappent le rebord des toits ; le peintre voit les pissenlits éclater de jaune ensoleillé.

Rue des Grandes-Fourches, le 19 juin 1921. Il est midi trente. En attendant à la gare du Canadian Pacific le jeune Paul-Émile Borduas, Ozias Leduc regarde la côte King et l'évêché se découper sur le ciel gris en haut de la colline. Mais ici, à la gare, la lumière tombe sur les rails en une poudre d'or, la paix s'infiltre doucement dans l'air. Est-ce son carnet qui lui donne cette concentration tranquille ?

Il écrit dans son journal.

Un chat traverse d'un pas lent la voie ferrée, le soleil maintenant perce les nuages et éclaire obliquement les arbres de sa lumière blanche et les enflamme. Comme sur un immense plateau de cinéma ou sur une scène de théâtre, il n'y a pas de temps, les chevaux circulent, les passants passent, mais sans briser un silence imperturbable. C'est un midi qui ressemble à mille autres dans cent autres villes. Ozias est assis sur un banc à l'extérieur de la gare, a-t-il l'air louche avec son carnet ? Il y a cette lumière qui descend sur lui, elle l'enveloppe des pieds à la tête. Un faisceau de rayons filtre à travers les nuages et, comme un projecteur puissant, éclaire la rivière.

La lumière se dissout en une vaste brume incandescente, elle diffuse sur la ville une clarté jaune et colore d'or les toits des maisons.

Le train entre en gare, lentement, puissamment. Les passagers descendent et traversent le quai de leurs pas d'abord mal assurés, puis de plus en plus décidés.

Un mince adolescent avec sa lourde valise s'avance vers Ozias. Ses yeux sont fixés sur lui et luisent telles des billes sombres si grosses qu'on dirait qu'elles vont lui dévorer tout le visage. Seulement par l'intensité de ces yeux-là, j'aurais pu le reconnaître à un kilomètre, pense le peintre.

— Bonjour, Paul-Émile, vous avez fait un beau voyage ?

— Bonjour, monsieur Leduc ! Que c'est beau de passer tout au long de ces lacs et de ces rivières pour venir ici ! Je suis très heureux de faire ce voyage, car le projet de venir travailler avec vous me transporte de joie, déclare le jeune Borduas.

Et soudain, c'est un déchirement dans le cœur du vieux peintre : il se revoit jeune, courant lui aussi follement assoiffé de Beauté. Le jeune Borduas est fait de la même substance : il y a dans son regard, il la reconnaît immédiatement, la même flamme d'une extraordinaire densité, d'un rayonnement puissant, vibrant, compact, cohérent. C'est suffisamment brûlant pour éclairer toute une vie et tout un peuple même, comme un phare au-dessus de l'abîme des ténèbres.

— Saint-Hilaire est toujours pareil à lui-même ? demande, avec un air attendri, Ozias à ce jeune homme trop sérieux aux grands yeux profonds, où il reconnaît la même misère, la même peine d'un cœur trop grand qui se sent enfermé, condamné, dans une prison, la prison des codes et des traditions.

Le peintre lui donne une cordiale poignée de main.

— Saint-Hilaire est toujours aussi beau, répond l'apprenti, les pommiers ne sont plus en fleurs, mais c'est le tour des marguerites de fleurir la vallée. Oui, maître, un très beau voyage, j'arrive ici plein d'espoir.

Un chien les dépasse et semble vouloir les suivre un moment, les oiseaux virevoltent autour de miettes de pain et montent se percher dans les tilleuls aux grandes feuilles.

— Je ne sais rien, dit le jeune Borduas en prenant une grande bouffée d'air sherbrookois comme s'il voulait se remplir de sa nouvelle joie. Je veux tout apprendre.

— Si vous êtes un artiste sincèrement convaincu, dit le peintre, vous ne pourrez pas manquer d'intéresser au moins une élite, et moi, je vous encouragerai à suivre la voie de la plus haute réussite. Je suis content de vous avoir auprès de moi, cher concitoyen. Saint-Hilaire a une âme, n'est-ce pas? Vous me paraissez en avoir une aussi, par conséquent tout ira bien!

La brise fait bouger les grands érables qui jettent sur la rue leur douce fraîcheur d'ombre; plus loin, les peupliers et les trembles s'agitent et bruissent dans l'air.

La ville est silencieuse. Le jeune homme et le vieux maître gravissent lentement la côte King en levant parfois la tête pour apercevoir le toit de l'évêché qui domine la ville.

Le soleil a chassé tous les nuages et les choses semblent se détacher; les arbres, les pierres revêtent une nouvelle clarté, tout est plus net.

Un nouveau monde s'ouvre au jeune apprenti de dix-sept ans. Il rêve de devenir un grand décorateur d'églises. Peindra-t-il des Vierge apportant la paix, des agneaux pascals, des crucifiements, des buissons ardents et des Pentecôte? Fera-t-il le portrait de Noé, de Moïse, de saint Pierre, et même de Dieu le Père? Il est trop tôt pour le dire, mais Paul-Émile sait profondément qu'il veut donner toute sa vie à la peinture.

Il observe le maître qui porte en lui son mystère : ce petit homme discret et digne est lui-même un des anges peints dans les décorations d'églises. Peut-être le maître a-t-il trouvé la porte sacrée de la liberté et de la délivrance. Il veut suivre ce chemin. À Saint-Hilaire, il s'était souvent rendu à l'église contempler les peintures de son peintre préféré. Il avait désiré de tout son cœur travailler un jour avec le maître. Il lui semblait que cet homme savait tout de l'art. Il se disait qu'au-dessus de toutes les manifestations de l'art de Leduc planait une sorte d'auréole : en effet, il se dégageait de la plupart de ses œuvres un sentiment d'épuration qui donnait une portée plus haute à la chose exprimée.

— C'est un honneur pour moi de travailler avec vous, ajoute après un silence le jeune Paul-Émile.

— Mon travail est bien en marche, dit Ozias. Vos honoraires seront de 27 $ par semaine à 50 ¢ de l'heure. Nous travaillerons six jours par semaine, neuf heures par jour. Je vous ai trouvé une pension rue Dufferin, à deux pas d'ici, vous n'aurez pas loin à marcher et puis vous verrez la rivière Magog par la fenêtre de votre chambre… Pour ma part, je dois, dit Ozias, faire l'essai d'un nouvel arrangement pour le grand arc de la chapelle, je vais vous montrer.

Les portes de la chapelle s'ouvrent et la féerie de formes et des couleurs a déjà commencé d'apparaître autour des vitraux et des échafauds. Par les vitraux du fond, une pluie de lumière descend du ciel.

C'est là, la Beauté est là, ineffable! Cela chante, c'est là puissant et vibrant au fond de la nuit aveugle comme une gerbe de feu, une explosion de joie.

— C'est grandiose! s'exclame le jeune Borduas dont les tempes battent de passion, dont les mains s'agitent, dont la voix s'étrangle.

Il a eu si longtemps l'impression de ne réussir qu'à longer les murailles élevées des hauts lieux de l'art sans pouvoir y accéder, mais désormais plus rien ne sera jamais pareil, car cette peinture, comme un cri de joie, le blesse et le jette tout à la fois dans la plus folle ivresse. Elle met en branle en lui toute une énergie, ranime son espoir, lui redonne confiance. La Beauté existe, elle est là! Il cessera de trébucher, ses efforts à lui aussi convergeront vers l'expression de cette Beauté, il y mettra tout son cœur et toute son âme, il y engagera toute sa vie.

Le maître a déjà une affection particulière pour ce petit et il pourrait jurer qu'il fera quelque chose d'important un jour.

— Vous voyez, dit Ozias, comme ébauche, ce n'est pas si mal.

La chapelle tout entière paraît vibrer. Le peintre a déchiré le voile des apparences. Les murs semblent émerger des brumes du monde, tout est silence et lumière, les rideaux glissent et tout chatoie et bouge délicatement, tout chante…

— C'est un chef-d'œuvre! murmure avec admiration l'apprenti.

Il s'assoit un moment sur une vieille chaise, il craint de déranger l'atmosphère, il retient son souffle, demeure immobile, il ne peut résister à la douceur de cette peinture, c'est si beau, cela ressemble au bonheur parfait!

— Vos paroles sont beaucoup trop flatteuses pour mon humble orgueil et pour mes actions qui restent hélas! toujours bien en deçà de mon désir.

— Vous faites l'admiration de la jeunesse canadienne-française, monsieur Leduc.

— Les jeunes ont-ils encore quelque chance de retrouver leurs forces? demande le peintre inquiet. Aujourd'hui, la jeunesse est clairsemée et blasée.

— Moi, monsieur Leduc, dit le jeune Borduas avec fougue, je refuse de me replier sur moi-même et de me plonger dans une complaisance morbide, de me vendre à vil prix. Je refuse tout sauf la peinture, la peinture est ma seule chance de survie. Je lutte contre les autorités qui ont préparé, dès mon enfance, mon faible niveau d'instruction, ma pauvreté. Quel peut être mon état d'esprit? J'ai l'impression d'être privé d'avenir, on ne nous prêche qu'une vertu: la patience! Au diable, la patience! Moi, je ne veux pas mourir avant d'avoir lancé mon cri!

Le peintre écoute attentivement le jeune Borduas et cela lui plaît, il aime sa fougue, sa force neuve. Il regarde ce visage aux tempes larges et au front haut, et les grands yeux mobiles, foncés comme des étangs à l'aube, cachant toute une vie secrète. Il sent son angoisse aussi et il craint pour lui : dans le cœur de ce jeune homme, il y un tel feu et aussi une telle vulnérabilité ! Il sent la révolte du futur peintre, une révolte profonde et douloureuse.

— Je comprends, dit Ozias, les frustrations d'une vie difficile. Je comprends votre désarroi devant tout le temps inoccupé, votre ressentiment profond de vous voir tenu à l'écart, votre haine des pouvoirs qui ne se soucient ni d'éducation ni d'art. Cela fait pousser chez les jeunes le germe d'une colère silencieuse qui ravage leur esprit.

Le maître ne dit pas son appréhension véritable, par pudeur, mais il sait que le jeune homme de dix-sept ans a du courage.

Le jeune Paul-Émile lève la tête et contemple la configuration des étoiles sur le bleu du ciel de la chapelle de l'évêché. Il reste ébloui. Il sent tant d'élévation dans cette peinture.

Il hume l'odeur de l'huile de lin. Un tumulus de tubes et de pots de peinture, un bazar hétéroclite d'échafauds et de planches, de poudres, de pinceaux et de balais s'entassent de chaque côté des murs de la chapelle et s'élancent à l'assaut des colonnes vers la lumière des vitraux.

— Quelque chose en moi, dit le jeune Borduas, a toujours dit non, une force de refus qui m'a toujours guidé, une épée brandie en l'air pour explorer de nouveaux chemins. J'ai vécu aveugle depuis ma naissance et aujourd'hui, dans cette chapelle, j'ouvre les yeux : ce n'est plus un monde plat et sans vie que je vois, c'est un monde qui se déploie comme les pétales d'une fleur.

— Je vais vous mettre au travail, vous poserez le vert des feuilles du Rosier mystique de la voûte du chœur, dit le maître. Il ne faut pas laisser se perdre une aussi belle quantité de forces neuves.

Ozias est adossé à une colonne de la chapelle et considère le travail de l'apprenti.

Il observe Paul-Émile qui continue de peindre. Ses gestes spontanés, ses façons presque gauches de faire n'inquiètent pas trop le vieux peintre qui en a vu d'autres. Les mouvements libres du jeune Borduas, ses projections, ses coups de pinceau presque sans suite, abrupts, ne sont pas toujours ce qu'il faut.

En voilà un qui ne veut pas copier ; il est très pressé, il ne veut rien savoir, il veut tout faire à sa manière, il se pendrait plutôt que d'imiter la horde triomphante des imitateurs, pense en lui-même Ozias.

— Vous semblez plus défaire que faire. Vous peignez sans méthode[1], fait remarquer le maître.

---

1. « Une peinture faite automatiquement par quelqu'un d'intelligent et de sensible, sous la dépendance de son seul pinceau, ne peut donner un résultat intelligent, sensible. Si cet artiste ne contrôle pas son outil, c'est

— Maître, excusez-moi, mais j'ai horreur de la discipline, dit Paul-Émile. Je sais qu'il faut des règles au cœur même de la plus folle anarchie. C'est pour cela que j'ai besoin de vous. Je voudrais que vous me donniez quelques grandes lignes de conduite. Mais tant de choses m'encombrent! Je voudrais faire éclater ce corps dont je suis prisonnier, j'enrage, je suis trop plein de moi, trop plein de tout ce que je ne veux pas.

— Moi, je ne sais rien non plus, j'attends longtemps parfois, j'écoute, dit Ozias. Il me semble que je n'ai rien fait. Moi, si on m'avait laissé faire, j'aurais flâné toute ma vie.

— Avec des pinceaux dans les poches et du papier à aquarelle, oui, vous auriez bellement perdu votre temps, maître!

— Il faut savoir écouter l'inaudible, il faut regarder en soi, lever avec pudeur le voile qui cache la Beauté, peindre n'est pas imiter quoi que ce soit d'extérieur! La Nature peut faire mieux que nous. Le réalisme est une illusion. Ce qu'il faut, c'est révéler son cœur, donner sa vision du monde et inspirer, faire voir l'invisible et éclairer le chemin de la Beauté.

l'outil qui aura raison. Et l'outil, le plus souvent, n'est point civilisé. Cet artiste gesticule dans les bas-fonds de la matière, d'où l'art émerge à peine. Est-ce progresser que de s'abandonner péniblement à l'instinct que l'homme possède en partage avec la bête?» Ozias Leduc, Fonds Ozias Leduc, Bibliothèque nationale du Québec.

— Monsieur Leduc, j'ai tant regardé vos tableaux! Dans l'église de Saint-Hilaire, je connais tous les détails de vos représentations des sept sacrements. Votre *Assomption de la Vierge*, par exemple, n'a pas cessé de me poursuivre. Il me semble que je ne pourrai jamais peindre d'une aussi belle façon. La vie est trop courte. Je n'aurai pas le temps d'acquérir la maîtrise qu'il faut.

— Il faut rester silencieux et tranquille, nous éloigner de notre propre bruit. Il nous faut étudier patiemment les choses et les êtres, lire en eux.

La figure humaine intéresse Ozias au plus haut point. C'est dans sa famille et parmi ses amis qu'il choisit le plus souvent ses modèles. C'est sa jeune sœur préférée, Ozéma, qui a posé pour *La liseuse* et son frère Ulric pour *L'enfant au pain*.

— J'ai fait beaucoup de portraits, mais je n'en suis jamais satisfait.

Il rêverait de plus de force d'expression, d'une composition plus rigoureuse, de couleurs plus subtiles et plus intenses, d'un modelé plus sûr, plus ferme. Il aimerait qu'on devine l'âme, qu'on voit l'âme, c'est elle qu'il veut débusquer, c'est elle qu'il veut représenter. Il manque de temps. Il faudrait qu'il s'occupe de son verger, qu'il remette en ordre les alentours de sa maison, qu'il nettoie ses iris de leurs feuilles sèches, qu'il taille ses pommiers, qu'il remplisse son réservoir d'eau, il n'a pas eu le temps

de tout faire ce printemps, et puis toutes ces commandes de décoration…

— Toutes ces églises que vous avez décorées!

— J'ai fait pour Mgr Cameron, vous n'étiez pas
né encore, la décoration de la cathédrale d'Antigonish en Nouvelle-Écosse.

Le maître a peint douze tableaux se rapportant à
la Rédemption, il a peint tout le chemin de Croix, il a
peint les anges portant les Tables de la Loi. Il a
décoré en entier l'église de Saint-Edmond de Coaticook, il a peint les évangélistes, les anges adorateurs
et divers emblèmes.

— J'ai vu à la cathédrale de Saint-Hyacinthe
votre tableau du Père éternel planant au-dessus de la
Croix.

— À l'église Saint-Enfant-Jésus du Mile-End, si
vous avez l'occasion de vous y rendre, vous regarde-
rez ma composition qui a pour titre *La promesse
d'un Rédempteur*. Ce tableau représente à une de
ses extrémités «Adam et Ève chassés de l'Éden» et à
l'autre, «L'Immaculée Conception qui écrase la tête
du Serpent». Huit anges se prosternent devant la
Vierge. L'un des esprits ferme de son épée l'entrée
du Paradis.

L'entretien du peintre avec son apprenti devient
de plus en plus animé, mais Ozias sent toute la vulnérabilité de cette âme fière et droite, et il soup-
çonne le Malin de vouloir briser la belle force noble

que la Providence a donnée en partage à ce jeune. Cette pensée déchire le maître, l'indigne.

Pour une fois qu'un jeune a une colonne vertébrale et un amour désintéressé dans le cœur, Ozias ne va pas laisser le Diable l'amollir.

— Ozias, dit le Diable entre ses gencives, laisse-moi ce jeune homme et je te donnerai la belle Josée... je sais que tu l'aimes, je la ferai revenir auprès de toi, tu feras un nu d'elle... tu auras besoin de plusieurs séances, tu auras tout le loisir de travailler du pinceau... Moi, je veux empêcher l'œuvre que prépare ce petit sacripant, il me gêne, c'est un futur éveilleur de conscience, c'est très mauvais pour moi. Je veux que les hommes restent étrangers à eux-mêmes, c'est mieux ainsi, il faut étouffer les aspirations de cette humanité... la Beauté n'existe pas, il n'y a que le mal et la maladie, la guerre et la misère sur cette terre, cessons de rêver!

Ozias se met à marcher lentement autour de la chapelle de l'évêché, puis après avoir franchi un dernier échafaudage embarrassé de pots de peinture, il regarde la haute fenêtre en ogive d'où vient la lumière du dehors.

— Que lui veux-tu? demande le peintre.

— Celui-là, je le veux pour moi, je veux l'écraser dans l'œuf.

— Jamais! Il éclaboussera tout avant, tu ne l'auras pas, tu ne le feras pas taire comme tu as fait avec moi! J'en ai assez de tes sarcasmes! Va-t'en! Nous vaincrons! crie Ozias hors de lui.

— Que se passe-t-il, maître? demande Paul-Émile. Qu'avez-vous?

— Des visions me poursuivent, dit le maître qui sort son mouchoir pour s'éponger le front et qui cherche à s'asseoir.

Paul-Émile regarde les mains jointes du petit homme et la sueur qui perle sur son front.

— Des chimères, mon petit, dit Ozias à voix basse, des chimères.

Mgr Olivier Maurault, ami d'Ozias Leduc,
premier directeur de la Bibliothèque Saint-Sulpice
et recteur de l'Université de Montréal de 1934 à 1955.

6

L'art, c'est le son de tout ce qui vibre

Ozias Leduc pense à ses animaux, à ses poules et à ses deux vaches, à son petit veau de l'année ; il pense à ses pommiers, à ses fleurs, à son potager, à ses pins.

Le train meugle. La locomotive tire bravement ses wagons le long de la rivière. Dans la plaine de Richmond, un orme ou deux montent la garde au loin, sentinelles aux bras chargés d'oiseaux. Des îlots d'arbres émergent çà et là, des digues de roches apparaissent, les mangeoires des animaux se camou-flent sous les érables, et les interminables clôtures de perche défilent et s'enlacent tels de longs bras réunis.

Les sillons des labours et des peines quotidiennes, les travaux humains et les petites routes défoncées, les arbres plantés à la queue leu leu, les peupliers en rangée, les clochers au loin comme des aiguilles frêles, les cours, les hangars, les terrains à l'abandon, les usines laides, et les bêtes dociles, les animaux silencieux, soumis, tout cela forme déjà dans l'imagination du peintre un tableau où la paix du monde est rendue visible, une paix qui monte naturellement des champs que traverse le petit train du Maine en s'y déroulant à la manière d'un ver à soie.

Les vaches nombreuses, les girouettes sur les toits des granges donnant la direction du vent comme si tous les fermiers naviguaient sur des voiliers en mer.

— Terre de misère, réfléchit à haute voix Ozias Leduc en présence de son ami l'abbé Maurault, travaux et champs toujours à refaire. Que les hommes sont courageux de vivre! Pourquoi se lèvent-ils tous les matins pour recommencer les mêmes gestes?

Écoles de rang, enfants qui courent, maisons aux grandes vérandas, aux jolies galeries, maisons ancestrales transmises, réparées, rénovées de génération en génération.

Les corneilles s'envolent au-dessus de la voie ferrée. Le train meugle de nouveau, ralentit et s'essouffle, fume, crache le long des labours. Trois vieilles petites granges branlantes près du chemin de fer se soutiennent l'une l'autre, semblant attendre le train qui jamais ne s'arrête pour elles; une autre derrière, plus vieille encore mais digne malgré ses murs inclinés, veille au milieu du champ, entourée d'oiseaux et d'arbustes.

Le peintre pense à sa chère montagne, le mont Saint-Hilaire, sa chère montagne rugueuse et douce à la fois, montagne aux reflets mauves et verts, montagne à la bosse têtue, aux mamelles rondes, aux rochers chauves, gros cailloux jetés là pour témoigner des pays des cieux, mammouth sagement accroupi dans la vallée, gros chat endormi sous lequel couve la force volcanique.

Les hommes, pense Ozias, blesseront tant qu'ils pourront cette montagne.

Le peintre la protégera toujours comme son amie, comme son égérie, il a construit son atelier à ses pieds, son verger pousse sur ses pentes, sa maison est dans son giron et il puise à sa grandiose puissance.

> *L'élan de la terre dans l'espace glacé*
> *Va sa durée* [1]

— Que restera-t-il de nos œuvres? se demande le peintre.

1. Ozias Leduc, Fonds Ozias Leduc, Bibliothèque nationale du Québec.

Les croix de chemin marquent la route de leurs bras pieux et blancs.

Le train, à Melbourne, quitte la rivière Saint-François et entre dans la forêt vers Acton Vale. Il enjambe furtivement les nombreux petits ruisseaux où se cachent des castors et des belettes. Les lièvres se terrent dans les tendres sous-bois des sapinières, les chevreuils se regroupent dans les érablières et les ours roulent leurs muscles aux abords des clairières et des abattis.

La locomotive tire toujours aussi bravement ses wagons.

— Grand merci pour mon portrait, j'ai à peine exprimé un désir que déjà vous l'avez réalisé, dit l'abbé.

— Ce n'est qu'une esquisse, mon cher Maurault, je veux faire un portrait à l'huile de vous. Je cherche la ressemblance, mais c'est surtout votre caractère, votre manière d'être habituelle que je veux fixer.

— Mais je crains d'engraisser encore. J'ai atteint un poids magnifique ; il ne faudrait pas cependant que je le dépasse, sans quoi mes amis ne me reconnaîtraient plus. Il me serait impossible de poser pour mon portrait : je ne suis plus le même homme, regardez ce ventre, mes joues, mon cou...

— Votre portrait à l'huile me donne du mal, j'y travaille.

— J'ai confiance en vous, vous êtes un grand peintre.

— Vous êtes bien bon de m'encourager de vos bonnes paroles. Il semble quelquefois qu'il me faudrait quatre pinceaux. Souhaitez-les-moi, que je puisse enfin terminer.

— Mon cher, prenez le temps qu'il vous faudra. Je ne m'inquiète pas, même si le docteur Lahaise m'a dit qu'il ne croyait pas avoir vu le portrait de moi que vous avez commencé à la même place, la dernière fois qu'il vous a rendu visite. Je frémis à la pensée que vous m'avez peut-être relégué dans cette cave légendaire, d'où vous sortez parfois vos curés de Saint-Hyacinthe.

— Vous, ce n'est pas pareil, mon cher Maurault, vous êtes mon meilleur ami.

— C'est pour cela, j'imagine, que mon portrait vous donne du mal !

— Avec mes quatre pinceaux, j'y arriverai. J'ai hâte de revenir m'installer dans mon atelier, j'ai hâte de revenir travailler à votre portrait dans mon Correlieu. J'ai hâte de me retrouver dans mes choses et de me remettre devant mon chevalet. Mais la chapelle de l'évêché de Sherbrooke me prendra encore du temps. Et puis, j'ai d'autres commandes. Que voulez-vous, on ne fait pas toujours ce que l'on désire. Il faudrait que je mette mon verger en voie de fructifier, et puis après une chose, l'autre, les jours, les semaines, les années passent... Marie-Louise me demande : « Ozias, as-tu travaillé au portrait de l'abbé Maurault ? Il me semble qu'il doit s'impatienter de te voir tarder comme ça, chaque fois que tu sors sa toile, tu te mets en face... tu te passes les doigts dans ce qu'il te reste de cheveux plutôt que d'avoir l'idée de prendre tes pinceaux. »

Des routes s'allongent en silence et partent vers les bois, vers les champs, ou en reviennent, c'est selon, où vont-elles ?

La rivière Ulverton est franchie en vitesse, enjambée à toute allure sur un petit pont de fer qui crisse sous le passage des roues.

Le train file vers Upton, Saint-Liboire, Sainte-Rosalie...

— Je veux qu'on cesse de vivre dans la grisaille et le malheur, dit le peintre, je veux qu'on apprenne à regarder.

— Nous sommes comme des aveugles, mon cher Leduc, nous avançons à tâtons.

— Je veux dessiller tous les yeux, ranimer au fond des orbites l'étincelle. Chaque jour, j'ai besoin de peindre. ... Pourquoi tous ces tableaux ?

— Sans doute, mon cher Leduc, est-ce le goût de communiquer ce feu que vous avez au cœur, de le faire rougeoyer dans vos toiles pour qu'il allume les regards et s'installe dans les poitrines.

— Oh ! ce feu ne fait pas de moi un saint, loin de là, j'ai toutes les tentations des hommes, plus fortes encore sans doute, j'ai tant d'imagination. Le combat se fait dans mon corps de la tête aux pieds, chaque coup de pinceau est une victoire sur ma fainéantise crasse, ce feu se retourne contre moi quand il échauffe mes rêveries. Si vous saviez de quoi je suis capable de rêver, des monstres et des démons m'attaquent la nuit, je les combats mon cœur enflammé au poing.

— La vie est un aride désert! Il faut appeler la divine source, la prier de couler encore dans nos veines.

— Moi, j'appelle la peinture. La peinture est un trésor, un feu invisible en moi dont je veux donner des lueurs aux autres.

— Nous en voyons souvent les effets directement dans vos toiles, Leduc. La vie se vit mieux au contact de vos tableaux, j'en suis convaincu, les spectateurs en retirent de la joie et c'est encourageant. La contagion de cette force rayonnante et colorée qui se communique doucement à leur âme dans le silence des regards, secrètement, me fait croire que vous ne faites pas un vain métier. Ne négligez pas votre peinture de chevalet. Mettez-vous-y! Couvrez les murs de votre atelier de choses épatantes, de choses à vendre!

— Ah! le chemin est ardu, mon cher monseigneur, merci d'être mon ami. Il ne faut pas m'en vouloir, ne vous en faites pas, tout marche bien, mais j'ai besoin de beaucoup d'encouragements, ne me ménagez pas les vôtres. Je vous assure qu'il est bien périlleux de trop appuyer sur mon œuvre ; ne grattez pas trop le vernis, il n'en restera que peu de choses. Ah ! si je n'avais commis que les petits dessins que je donne à mes amis, comme j'aurais la conscience légère ! Si je pouvais reprendre tout ce que j'ai fait ! Ne riez pas ! Chemin sans éclat, peu glorieux…

— Avec une telle lumière dans vos toiles, vous avez tort de vous déprécier.

— On ne s'arrache pas mes tableaux, loin de là !

— Je parie que vous n'avez rien préparé pour le Salon, et je vous le reproche sans ambages. Vos amis seront furieux de ne pas vous y trouver !

— C'est parfois si noir dans mon cœur et mon atelier, mon cher ami. Votre indulgence à mon égard et la science que vous avez de votre peintre me sont d'un grand réconfort. J'ai besoin de sympathie, j'ai besoin aussi d'être ramené au travail et à l'art. Le doute et le dégoût sont à ma porte. Vous savez, j'ai la conviction que je ne m'exprime pas entièrement dans la décoration d'églises : une crainte de ne pas plaire, d'être incompris, me rabat au niveau du sol. Il y a autre chose aussi : à Lachine par exemple, je n'ai paru être pour eux, tout le temps de la durée des travaux, que l'homme qui fait le barda. Une fois le travail terminé, l'église était assez propre ! Ils étaient satisfaits de l'homme de ménage. La peinture ? Ni vue ni connue! On semble bien plus préoccupé par la propreté que par la peinture. Ce genre d'appréciation me décourage. Quand j'entends dire que tout est bien propre, pas une petite tache nulle part, et que tout cela sera bien beau quand l'échafaud sera enlevé, eh bien je vous jure que j'aspire à changer de métier! Mon cher ami, l'intérêt que vous portez à cette décoration en cours à la chapelle de l'évêché de Sherbrooke me stimule et me sort un peu du désert où je suis perdu ici. Car à part l'architecte Audet, on est beaucoup plus inquiet de la grande crise que de la peinture. Toutefois, pour être juste, on reconnaît que c'est une bonne chose pour la protection des murs! La toile également, surtout quand elle reçoit d'épaisses couches de couleurs; je suis de l'avis de tout le monde là-dessus et j'éprouve une certaine fierté, celle du nègre qui vient blanchir votre plafond.

— Je vous comprends, mon ami! Je vous en supplie, Leduc, ne vous découragez pas. Vous savez, le découragement est notre pire ennemi, quand le pessimisme nous gagne, soyez sûr d'y voir la main du Diable en personne qui vient tout éteindre dans nos cœurs.

— Parfois j'abandonnerais tout, je me ferais cultivateur, je ne vivrais que de mon verger et de mes pommes, de mes vaches et de mes poules.

Saint-Hyacinthe! Le soleil luit au-dessus des clairières comme une étoile blême. Le rythme du train calme les passagers, plusieurs dorment, on dirait que l'engin est lancé pour ne plus s'arrêter.

La plaine est longue et le vent vient fouetter les masses majestueuses du mont Saint-Hilaire. Dans l'espace grand ouvert de la vallée du Richelieu, la montagne vertigineuse rassemble les vents autour d'elle et fait tourbillonner les formes et la lumière.

La montagne est née d'une roche en fusion qui, plus légère que les roches encaissantes, est remontée comme un cachalot, vers la surface du globe en empruntant le chemin des fractures, il y a cent vingt-cinq millions d'années.

— Robert LaRoque de Roquebrune affirme avoir vu un aigle royal survoler la montagne.

La lumière au sommet est douce, le peintre a fait le vœu de la garder en lui et de la redonner à ceux qui l'entourent. Elle est partout sur la terre cette lumière, elle pèse de tout son poids de douceur.

Ozias a construit Correlieu au pied de la montagne, son verger s'étale sur ses pentes, sa maison est dans son giron.

— J'ai vu à Paris *La barque de Dante*, de Delacroix, et *Embarquement de la reine de Saba*, de Lorrain, deux chefs-d'œuvre dont je suis bien jaloux. Mais ma peinture préférée, dit le peintre, c'est cette montagne que vous voyez là-bas !

Vaste symphonie faite d'étranges contrastes, la montagne évolue des tonalités les plus sombres aux plus claires en quelques minutes parfois tant elle est changeante. Son sommet est âpre et dépouillé, mais jamais vraiment inhospitalier. Dans le climat dénudé de ses hautes bosses, désolation et espoir alternent, mais c'est l'espoir qui conclut, comme dans le cœur du peintre.

— C'est elle qui m'inspire tous les jours, je suis son porte-parole, dit Ozias.

En 1894, sur la terre familiale au pied du mont Saint-Hilaire,
Ozias Leduc construit son atelier, Correlieu, « lieu de rencontre des amis ».

7

Correlieu [1]

— Je ne sais pas si vous aurez la patience de tout
regarder, je devrais peut-être me mettre enfin à
la culture des pommes.

— Allons, ne dites pas de bêtises, vous êtes le
plus grand peintre que je connaisse. Votre rencontre
avec la peinture fait toujours merveille. Quelque
chose de divin passe dans vos toiles.

— Venez, mon cher Maurault, je veux vous
montrer le portrait du curé Vincent.

---

1. L'un des navires de Jacques Cartier, la *Petite Hermine*, s'appelait aussi
Correlieu, un nom qui voulait dire «le lieu où se réunissent tous les
amis».

En passant près de la grange à pommes, ils entendent un remue-ménage et l'éclat de jeunes voix.

— Victoire! crient quelques jeunes qui descendent d'une échelle appuyée sur le plancher du deuxième étage de la grange.

— Que faites-vous, petits garnements? demande le peintre stupéfait.

— Nous les avons! répondent les jeunes.

— De quoi parlez-vous? demande l'abbé Maurault.

— Des nus! Il y a une fille à Saint-Hilaire, que nous connaissons bien, qui nous a dit qu'elle avait posé nue pour M. Leduc et que les toiles étaient toutes cachées dans la grange à pommes.

Un garçon plus âgé et une adolescente apparaissent au haut de l'échelle avec deux magnifiques nus.

— Je voulais montrer les tableaux, dit la jeune fille embarrassée, je voulais leur prouver que vous ne faisiez pas que de la peinture de sacristie.

— Allez-vous-en, insolents! s'indigne l'abbé Maurault.

— Un instant, dit le peintre, qui les regarde d'un air malin et complice à la fois. Ce n'est rien... je gardais ces tableaux pour en faire des anges, je n'avais pas eu le temps de les habiller encore...

L'abbé Maurault fronce les sourcils.

— Vous n'allez pas partir avec cet air piteux, les jeunes, dit Ozias, choisissez-vous chacun un dessin avant de partir... Monsieur l'abbé, allez jeter un coup d'œil en haut, j'ai d'autres anges splendides qui, dans cette tenue temporaire, distrairaient beaucoup trop les fidèles de nos églises, mais qui peuvent procurer un beau plaisir des yeux à l'amateur d'art.

L'abbé rougit, paraît hésiter quand les jeunes gens, sans dire une parole, lui présentent l'échelle. Il s'empare des montants de ses mains puissantes et s'apprête à grimper tout en haut.

Durant son dernier voyage à Paris, l'abbé avait admiré, chez Auguste Rodin, des sculptures qui lui avaient rappelé la beauté du corps, sculptures de bronze noir qui faisaient ressortir la force de cohésion et d'harmonie qui pouvait parfois envahir le corps. C'était la lumière de Paris que le sculpteur Rodin avait mise en forme et pétrifiée dans des blocs vibrants de puissance.

Les nus de Leduc lui paraissent un concentré de force possédant la légèreté de l'oiseau, du hibou et de la chouette, la chair semble aérienne et diaphane. L'abbé contemple longuement les nus allongés d'Ozias Leduc, les nus à demi allongés sur le flanc, agenouillés, les bras au-dessus de la tête ou le bras tendu en avant, les nus en prière, mains jointes, bras écartés, une main au menton ou posée sur le genou, les nus assis, drapés comme des anges ou des muses.

Soudain on entend la voix chantante de Marie-Louise Leduc qui passe devant la grange.

— Silence, les amis ! dit Ozias, silence ! Il ne faut pas que ma femme voit mes toiles dans cet état, cela la trouble beaucoup trop quand les tableaux ne sont pas finis...

Marie-Louise se dirige vers l'atelier avec un panier d'osier rempli de pommes, de pain de ménage, de cidre et de quelques bouts de fromage qui donneront des forces aux deux voyageurs.

Marie-Louise a encore l'air jeune malgré qu'elle ait cinq ans de plus que son mari. Le peintre et Olivier Maurault la rejoignent. Ozias l'embrasse et lui transmet les dernières nouvelles de son séjour à Sherbrooke : il a donné, avant de partir, une couche de bleu dans la grande voûte de la chapelle ; l'abbé Lemay l'a invité à faire un tour d'automobile pour voir les beaux paysages aux environs de Sherbrooke. Ils sont allés jusqu'à East Angus et ont visité la nouvelle église de style gothique à l'épreuve du feu qui vient d'y être construite.

Le peintre place quelques arachides en écale sur le pas de la porte de son atelier et cinq écureuils, avertis de l'arrivée du maître par la vibration de ses pas et par sa voix, s'avancent à tour de rôle, saisissent entre leurs pattes antérieures les cinq arachides et disparaissent sans saluer.

— Je n'ai pas pu tout vous montrer, mon cher Maurault, dit le peintre. Il y a votre portrait qui est en chantier, il y a celui de l'abbé Vincent, j'ai été obligé de lui couper les mains parce qu'il ne les aimait pas...

— Oh! je vous en prie, ne coupez pas les miennes, mon cher Leduc, j'en ai besoin pour prier...

— Il y a le portrait de Joseph-Napoléon Francœur, mais je n'ai pas tout conservé... j'ai donné des œuvres à la kermesse de Belœil et à celle de l'hôpital Notre-Dame. Je vous montrerai une huile sur papier que j'aime beaucoup et que j'ai intitulée *L'heure mauve.*

Leduc ouvre tranquillement son courrier tout en discutant.

— J'ai quitté la présidence de la commission scolaire, mais on m'écrit encore... le maire Bruce Campbell voudrait que je fasse partie de son équipe et que je me présente comme conseiller municipal.

Marie-Louise a fait chauffer de l'eau sur la cuisinière de l'atelier et offre aux deux amis un bon bouillon. Leduc, concentré et calme, y émiette un biscuit. Le peintre fait preuve d'une grande dextérité, chacun de ses gestes apaise.

— Quel magnifique portrait vous avez fait de votre mère! dit l'abbé Olivier Maurault. Et cette *Heure mauve* est un chef-d'œuvre que la postérité admirera certainement.

— J'ai le projet de peindre une chasse aux canards par un matin brumeux. Regardez, j'ai fait quelques études...

Olivier Maurault feuillette avec intérêt un cahier rempli d'études préparatoires, d'esquisses, de croquis représentant des plans d'autels dans la chapelle de l'évêché, tous annotés par le peintre. Le cahier regroupe encore des études de motifs décoratifs pour les colonnes, des études de calligraphies, des études de luminaires, des plans et des dimensions de panneaux à décorer, des notes sur l'iconographie et ses couleurs, des études sur les évangélistes, des études d'anatomie...

— Quel travail, mon cher ami Leduc, vous n'arrêtez pas !

Un sens esthétique naturel prévaut dans tout l'atelier[1].

— J'ai beaucoup de petits travaux à effectuer, vous viendrez faire une visite au verger avec moi ; il faut que je taille mes petits pommiers et que je fasse des greffes encore, il faut nettoyer la pépinière, préparer la faux et les râteaux avant la période des foins.

Olivier Maurault aurait envie de prendre son ami par le bras alors qu'il marche avec lui dans le verger. Ensemble, ils avancent vers la grange. Le chien les rejoint.

---

1. On y retrouve les tableaux *Fin de journée* et *Le cumulus bleu*, *Effet gris neige*, le portrait du poète Guy de la Haye, *Neige dorée*, *Paysage d'automne*, *Pommes vertes*, *Effet de nuit*, *Aurore boréale*, *Maison natale*, *Labour d'automne*, *Le liseur*, *La liseuse*, *Ma mère en deuil*, *Mon petit frère*, et puis une *Mater dolorosa*, une *Madeleine repentante*, une *Tête de saint François*, un *Ange*, un *Bon Pasteur*, une *Madone*, un *Christ en Croix*.

— À l'aube, il y a une belle lumière dans la pommeraie, l'air est bon à respirer et ma tête est libre…

Ozias peindra demain matin, après avoir marché un peu avec Ti-loup… Il est heureux quand il vient à Correlieu, il retrouve la santé, il se régénère, cela lui change les idées de ses décorations qui n'en finissent plus de l'occuper.

Un geai bleu s'égosille, le vent caresse l'herbe courte et verdoyante du pâturage richement engraissé.

Les deux amis vont sans parler, dans le silence de l'après-midi, ils sont là, concentrés, incrustés dans le réel. Le peintre s'arrête pour caresser son chien et regarder la montagne.

— Il a plu sur la montagne, dit-il.

Il observe, hume l'air frais et humide, jouit de tous ses sens en éveil. Il a le pouvoir de raccommoder la vie toute pleine de trous noirs ; Marie-Louise reprise et coud des vêtements pour les enfants pauvres, lui, il crée des espaces bleus agrandis par ses yeux de poète dans la courtepointe quotidienne. Là, entre les lignes, se glisse toute sa vie, dans ce qui n'est pas dit, dans ce qui n'est prononcé qu'à voix basse, dans le mystère et dans la plénitude du jour.

À quoi pense-t-il ? Il rêve d'affection, il se sent seul. Un écureuil traverse le sentier en sautillant, il est plutôt roux, sa queue aérienne garde le rythme de sa course.

Qu'est-ce qui ressemble le plus au paradis ? se demande le peintre. Ce sont ces fleurs sauvages dans le soleil, se dit-il à lui-même.

Sur le Richelieu passent un bateau à voile et des barges qui transportent de la farine. À l'automne, les pommes de tous les vergers de Saint-Hilaire y voyageront aussi.

Il contemple la plaine et le pont du chemin de fer entre Belœil et Saint-Hilaire, ce même pont qui s'était effondré au passage d'un train en 1864, l'année même de sa naissance.

Ozias Leduc a peint des scènes de ce pays, de petits paysages, des fermes, il a peint les foins, les bords de l'eau, les crépuscules lunaires, des vues de la montagne.

Il a parfois l'impression de côtoyer plusieurs mondes à la fois, toute une gamme d'univers.

— J'entrevois un monde féerique, dans la lumière de l'aube, confie le peintre à son meilleur ami, je n'en suis séparé que par une mince cloison.

C'est un peu comme au théâtre, sur la scène où il ne peut pas monter, empêché seulement par une barrière invisible. Pourtant, il vit dans ce monde, la lumière filtre doucement à travers les branches des pruches, les feuilles des pommiers bruissent dans le vent. Parfois, en fermant les yeux, il devient partie intégrante de la nature, il pourrait être une pierre, un arbre, une falaise, un ruisseau, une fleur et tout à coup s'éveiller en ouvrant les yeux et redevenir humain.

Il y a entre lui et ce pays une sorte de coïncidence intérieure, il est cette terre, il est sa voix, son expression comme les arbres sur la montagne, il en est une pousse vigoureuse, il est son âme errante.

Au bout des centaines de routes parcourues pour les décorations d'églises, il y a toujours Correlieu qui l'attend fidèlement, où tout est exactement comme il se doit, dans l'ordre qu'il faut, où tout est placé avec précision pour le retour.

Ozias Leduc et son assistante, Gabrielle Messier, à Shawinigan, en 1945.

8

Deux jeunes filles de Saint-Hilaire

La pluie s'est arrêtée, le vent est tombé ; sans doute est-ce un gros nuage qui, par son air sombre et glacial, a provoqué tout à l'heure ces rafales.

Le soleil a encore quelques heures devant lui avant de se coucher, le peintre a aussi le temps de donner un dernier coup de pinceau, de capter un peu de lumière avant le couchant.

C'est la belle heure ! La montagne est comme un gros bloc de radium mauve qui diffuse doucement sa flamme intérieure, porc-épic hérissé de tous ses arbres.

Il a rêvé de Josée. Ils partaient ensemble en voyage, main dans la main. Son visage était d'une extraordinaire clarté, d'une grande ouverture, comme si le vent avait lissé sa peau et ses cheveux. Il y avait un sourire dans ses yeux.

Ce soir, il ira marcher avec Ti-Loup, peut-être verra-t-il des feux follets par dizaines dans la nuit chaude. Au fond, que cherche-t-il, sinon un doux paradis dans le vent chaud d'été ? Il lui semble retrouver le bien-être du monde d'avant la Chute. Ce vent chaud devait souffler sur la peau nue du chaste couple premier ; en étroite osmose avec la création, leur nourriture était sans doute l'air même, leurs poumons les nourrissaient…

Un rouge-gorge le tire de ses pensées et se charge de lui rappeler qu'il dérange. Le cri est perçant, c'est le mâle probablement. Le peintre l'examine à loisir, les petits peuvent attendre un peu leur repas ; ils ont la tête noire et les yeux cerclés de la même couleur que le bec, la poitrine rouge terre. Le mâle a-t-il un ver dans son bec ? Le goûter attend, le peintre quitte alors la place pour ne pas que s'impatientent les oisillons dans leur nid juché juste sous la corniche de Correlieu.

Deux jeunes filles de Saint-Hilaire, Fernande Choquette et Gabrielle Messier, viennent frapper à la porte de son atelier. Elles apportent une boîte de pâtisseries et de biscuits qu'elles ont cuisinés elles-mêmes.

Ozias s'arrête une seconde, sa voix basse articule quelques mots d'affectueuse bienvenue.

Le peintre revêt sa salopette par-dessus ses beaux habits et entreprend de retoucher *L'heure mauve*. Il a saisi un pinceau, comme un joueur de flûte. Une seconde, il a fermé les yeux, le temps d'entrer dans cet autre monde vibrant, le temps de prêter l'oreille.

— Votre pinceau est enchanté, remarque Gabrielle.

Son pinceau est sa respiration, il crée une douce mélodie en lui, il est fluide, toujours prêt à luire dans le noir comme le feu follet. Il court sur la toile ; il renouvelle la main du peintre, ankylosée par tant de couches de couleurs sur les voûtes des églises ; il terrasse les démons de ses nuits et chasse tous ses mauvais fantômes.

Dans l'atelier, il y a le rayonnement à la fois subtil et compact d'une lumière qui ressemble à celle que l'on peut voir dans les tableaux de Rembrandt et de Vermeer de Delft où règne cette vie silencieuse, où des personnages écrivent, lisent et songent, plongés dans leurs rêveries, comme occupés par leur doux colloque avec l'Éternel.

On peut se perdre doucement dans cette lumière. Une irradiation bienfaisante envahit tout l'atelier. Ce n'est pas une diffusion simple de lumière crue, c'est plutôt un clair-obscur d'une grande densité, un poudroiement d'or semblable à celui de *Neige dorée*, ou encore aux cheveux d'or d'Ozéma dans *La liseuse*.

Le visage concentré du peintre se reflète dans les carreaux de la fenêtre, visage énigmatique, grave et serein à la fois, partie lumière, partie ténèbres, moitié dans l'invisible, moitié dans le visible.

Un mystérieux sourire se dessine peu à peu sur ses lèvres.

— Mon premier souvenir de vous, confie Fernande, est étroitement attaché à ce tableau d'une rose jaune posée dans un verre d'eau. Je l'ai aperçu quand, à sept ans, la main glissée dans celle de mon père, je me tenais sur le seuil de votre atelier. C'était une simple petite toile piquée au mur de votre atelier, mais tellement pétrie de vérité et si fraîche dans la chambre sombre que la rose en était toute parfumée et encore humide de rosée[1]...

La jeune femme jette un coup d'œil vers la cuisine et vérifie si une certaine petite toile bizarre est toujours accrochée au-dessus de l'évier. Eh oui! elle y est encore!

— À cet endroit, raconte le peintre, il y avait autrefois un petit miroir. Le matin, en préparant mon café, j'y voyais la réflexion de mon visage; j'eus l'idée de peindre sur un carton de même taille cette

---

1. Fernande Choquette-Clerk, cité par son fils Michel Clerk, «Portrait d'Ozias Leduc», Mont-Saint-Hilaire, *L'Œil régional*, 1988.

partie de mon visage que le miroir avait coutume de refléter : mon nez, mes yeux, mon front !

Soigneusement, il a choisi des couleurs et composé un mélange qu'il porte au bout de son pinceau devant la toile de *L'heure mauve*, en esquissant un sourire quasi imperceptible. Puis, il frotte ses mains contre sa salopette tachée de toutes les couleurs de sa palette. Il reste un moment silencieux à regarder le tableau.

— Fernande, on me dit que vous m'avez écrit dernièrement une lettre que je n'ai pas reçue, ça me chagrine beaucoup. Reprenez-vous donc et j'aurai le plaisir de vous lire. N'oubliez pas mon jardin, les pivoines, les iris et les roses. Ça me ferait plaisir de savoir que vous viendrez en cueillir. Pendant que je serai à Sherbrooke, il ne faut pas qu'elles soient délaissées.

Le peintre ferme les yeux et pense à toutes les fleurs qu'il a vues, toutes plus belles les unes que les autres ; il les aurait toutes choisies, élues, chacune ayant un charme irrésistible.

— Monsieur Leduc, dit Fernande, venir ici, c'est faire une visite au pays des prodiges. Quand je sors de votre atelier, je suis prête à ouvrir, grâce à vous, des yeux neufs sur l'agencement des pétales des églantines et sur la forme des grappes d'acacia.

— Vous êtes une fleur vous-même, chère Fernande, vous êtes sur la terre pour nous rappeler que la Beauté existe. Gabrielle, voulez-vous vous installer au petit chevalet et peindre un peu aujourd'hui ?

Gabrielle Messier sourit, satisfaite, et s'installe au petit chevalet.

Gabrielle suit du regard la petite houppette blanche des poils du pinceau de son maître qui caresse la coulée de neige entre les branches de *L'heure mauve*.

— Retoucher ce tableau en juillet me rafraîchit, confie Leduc. Pour arriver à une grande simplicité, c'est compliqué... un seul amour doit nous guider, on doit avancer comme porté par un sourire... le tableau gît dans les ténèbres longtemps, puis tout à coup il émerge dans un beau grand rythme, il sort de l'abîme, comme si toutes les tensions s'étaient réunies pour composer un chant harmonieux .

Le peintre s'arrête de nouveau un moment, comme s'il hésitait, comme s'il s'était perdu dans une trop grande abstraction, un bras le long du corps, tout menu, tout délicat. Il est émerveillé comme un enfant, concentré devant son tableau[1].

— On pourrait croire que Satan, dit le peintre, est noir ou rouge. Il l'est parfois. Mais il est souvent peint en livrée verte, pour sa méchanceté et son désespoir.

---

1. « Le dualisme de la lumière et des ténèbres s'exprime par le blanc et le noir. C'est le symbole du bien et du mal, la lutte du bon et du mauvais génie. » Ozias Leduc, Fonds Ozias Leduc, Bibliothèque nationale du Québec.

Le pinceau du peintre se teinte de mauve pour remonter vers les branches de la forêt, au-dessus du torrent gelé ; il y a une telle magie dans sa main qu'on dirait qu'il peint toute la forêt dans ce petit coin de ruisseau.

— Tout le monde vous aime à Saint-Hilaire, dit Gabrielle avec un tendre sourire.

— Oh ! c'est trop gentil ! Qui aiment-ils, croyez-vous ? Le peintre, le pomiculteur ou l'ancien président de la commission scolaire ?

— Tous les trois certainement, répond la jeune apprentie. Il y en a qui préfèrent le peintre par-dessus tout... Fernande et moi, nous sommes de ceux-là, ajoute-t-elle avec espièglerie et affection.

— Mais je suis le même homme partout, réplique le peintre ; quand j'étais enfant de cultivateur, je sarclais le jardin, je soignais les animaux, je travaillais avec mon père et, aussitôt que j'avais du temps libre, je dessinais.

— Vous êtes le plus beau peintre de la province de Québec, disent en chœur les deux jeunes femmes.

— Je crois, dit le peintre, que j'ai été tout simplement chanceux de rencontrer, à mes débuts, le mouleur de statues Carli puis ensuite le décorateur d'églises Luigi Capello, de qui j'ai tellement appris sur la peinture religieuse. J'ai fait la décoration de l'église de Saint-Hilaire, quinze grandes peintures sur toile marouflée, des ornementations au pochoir sur les voûtes et sur les murs, des tableaux représentant les sept sacrements... Je me suis lancé, j'ai parcouru le pays, comme un peintre itinérant... j'ai tout fait. J'en ai lavé des murs, réparé des fenêtres, des jointures et des balustrades d'églises, j'ai posé de la peinture partout, sur les autels, sur les statues et sur les colonnes. Les curés et les monseigneurs n'ont pas eu à le regretter, je crois, ils ont été satisfaits la plupart du temps, même si parfois je n'étais pas le plus rapide des peintres. J'ai décoré des églises au Québec, en Nouvelle-Écosse, au Manitoba, en Nouvelle-Angleterre.

— Il y a dans votre peinture, monsieur Leduc, dit Gabrielle en peignant à petits coups fins sur sa toile, quelque chose de tellement doux et serein et qui fait tant de bien, comme une prairie toute fleurie, comme la fraîcheur du feuillage le long des chemins des bois...

En 1906, Ozias Leduc épouse Marie-Louise Lebrun, veuve de Luigi Capello.

9

Érato

De retour à Sherbrooke, Ozias a repris ses travaux de restauration de la chapelle de l'évêché.

Le peintre éprouve tout à coup une étrange sensation, comme s'il venait de perdre la mémoire ; il n'a mangé que quelques pommes pour dîner, pommes de son verger de Saint-Hilaire apportées par Paul-Émile à la demande de Marie-Louise.

C'est la muse Érato, celle qu'il a peinte en 1906, elle s'avance vers lui, lumineuse et fraîche. Elle parle, mais il ne comprend pas ce qu'elle dit, elle murmure une complainte infinie, une mélodie touchante. La mélancolie s'immisce en lui, il sent qu'il va pleurer, mais la muse danse, tour à tour languide et trépidante, elle lui fait signe. Oh! il voudrait épancher sa peine sans retenue auprès d'elle. Ah! comme elle est belle, élégante et raffinée!

Le peintre, hypnotisé et subjugué par sa muse, quitte la chapelle et commence à marcher dans la ville de Sherbrooke avec Érato à son bras. Ils croisent des hommes de chantier, des coureurs des bois, des chasseurs, des prêtres, des colons. Les femmes ont de l'Indienne, elles ont de la Fille du Roy, elles ont de l'Irlandaise, elles sont belles avec leurs jupes longues et leurs bas de laine.

Ah! comme il s'ennuie parfois de Saint-Hilaire, il y aurait tant d'ouvrage à faire là-bas, tant de choses sont restées en plan. Et sa montagne, sa chère montagne, à l'abri de laquelle il se trouve mieux que partout ailleurs au monde.

Heureusement, Érato est venue. Le peintre s'assoit sur un banc public du Champ-de-Mars, rue Queen. Sous les arbres silencieux, des amoureux se promènent bras dessus, bras dessous. Il se tourne vers Érato, il admire son teint frais. Des vieux marchent d'un pas hésitant, il voudrait ne pas faire partie de ce groupe de personnes âgées, il ne se sent pas vieillir aux côtés d'Érato. Il effleure du regard ses joues, ses lèvres, ses bras, sa gorge, tout son corps souple, ses cheveux si soyeux quand elle se penche. Même dans le plus céleste vitrail, il ne pourrait peindre un aussi bel ange. Ô poésie! Ô beauté! soupire le peintre, je ne vous posséderai donc jamais?

— Je vous en prie, Érato, ne partez pas, restez! implore-t-il. Érato, vous êtes ma muse, mon égérie, mon inspiratrice! Je vous ai déjà peinte tant de fois. J'ai peint ma *Muse endormie* en 1898, ça ne me rajeunit pas, j'avais trente-quatre ans, j'étais dans la force de l'âge. Je l'ai peinte aussi dans la forêt. J'ai réparé, lavé, peint des murs d'églises, cela me pèse. Tout cela devient fastidieux si je n'ai plus ma muse avec moi, si je ne peux plus converser à voix basse avec mon ange. J'ai mesuré la largeur des chœurs, la largeur des portes des sacristies, la hauteur des fenêtres des chapelles, la largeur des calorifères, j'ai nettoyé les tuyaux des orgues, j'ai décoré à neuf, j'ai repeint des balustrades et des rampes d'escalier, j'ai verni des armoires, des confessionnaux, des vestiaires. J'ai poli des autels et des statues, j'ai passé au papier de verre des milliers de bancs d'églises, où est l'art là-dedans?

Rentrer à l'évêché! Déjà la noirceur survient et force le peintre à se lever et à marcher vers la rue Dufferin.

Le peintre essuie les larmes qui coulent sur ses vieilles joues jusque dans sa barbe blanche. Les chevaux ont cessé de brouter l'herbe, derrière lui il y a la pleine lune orange dans le ciel mauve, tel un tableau, il y a les maringouins qui redisent à leur façon la réalité de ce soir chaud d'été.

Le peintre sagement se soumet, ne se révolte pas. Pensif comme un vieux berger, il pleure en silence. Les passants lui jettent un regard distrait, quelques-uns le reconnaissent et lui demandent s'ils peuvent l'aider. Il refuse, embarrassé, il ne voudrait pas que Mgr Larocque ou son apprenti Paul-Émile le voient dans cet état, il veut continuer son chemin seul maintenant, pareil à un vieux sage, à un génie solitaire. Ah! il lui semble qu'il ne sera jamais un homme, qu'il ne sera jamais à la hauteur.

Il va être raisonnable, il va retourner dans la tiédeur, dans le calme de l'évêché et s'ennuyer à mourir de son verger de Saint-Hilaire, de Correlieu son atelier.

Mais Érato est encore là qui le retient. Elle ne veut certainement pas le laisser seul dans l'obscurité du monde, elle ne veut pas que le peintre se décourage. Il a le cœur labouré, il se sent dépossédé de tout ce soir, et il y a cette lune infernale et sensuelle qui réveille tous ses sens et le fait défaillir de désir.

Érato se penche à son oreille, elle cherche à lui dire un mot, elle hésite à partir, elle veut rester encore et le laisser s'épancher. Le peintre sent qu'elle prend sa tête dans ses mains blanches, qu'elle le soulève dans ses bras et l'enjoint de répéter après elle : « De vol en vol je suis parvenu au seuil de l'empire où va mon destin. »

Ensemble, ils s'élèvent tout doucement au-dessus des arbustes du parc du Champ-de-Mars de la rivière Saint-François. Érato déploie lentement ses puissantes ailes d'ange et emporte le peintre contre sa poitrine.

Ils prennent de l'altitude, effleurent le mont Beauvoir et continuent leur ascension au-dessus de la vallée de la Saint-François pour une escapade, pour une chevauchée fantastique dans la nuit, hors du temps! Dans les airs, le couple ressemble à une gerbe de blé lumineuse, un être ailé tient sur son cœur un homme en habit, qui ressemble à un marié.

Sous la lumière de la lune parfaitement ronde, le peintre distingue parfaitement sa muse qui l'enveloppe de son aura. Sa silhouette dessine une immense forme humaine sur les berges de la rivière somnolente.

Puis tout s'embrouille, le vieil homme perd conscience pendant quelques instants dans les bras de sa muse qui l'emporte à une vitesse fulgurante dans la nuit. Il ne sent plus le vent qui sifflait si fort dans ses oreilles ni le froid qui le faisait frissonner. Une douce paix l'enveloppe et il s'abandonne à cette béatitude infinie.

Mais la sensation s'évanouit et le peintre reprend peu à peu ses esprits. Il constate qu'ils ont amorcé une descente vers la vallée du Richelieu, qu'ils survolent la montée des Trente. Érato desserre son étreinte, le regarde tendrement une dernière fois et le dépose délicatement dans l'herbe mouillée de son verger avant de disparaître au-dessus des arbres.

— Je vais pouvoir remettre en ordre les alentours de ma maison, se dit le peintre.

Il aperçoit tout à coup Marie-Louise qui marche sans le voir en cette nuit de pleine lune, il la voit remplie d'une amère détresse. Elle lève les yeux et implore le ciel pour que son peintre revienne. Elle pleure en silence, adossée à un pommier, au pied de la chère montagne qui dort en boule comme un gros chat.

— Marie-Louise, ma chérie, m'entends-tu ?

— Ozias ! C'est toi ?

— C'est moi, Marie-Louise... Que fais-tu à cette heure dans le verger ?

— Je t'attendais, dit la pauvre femme en tentant de cacher du mieux qu'elle peut son désespoir et ses larmes.

— Ah ! j'ai demandé à Dieu de me décharger de mon fardeau, je crois qu'Il ne le veut pas, mais ce soir j'ai eu une permission spéciale.

— Tu n'es pas venu par la chasse-galerie toujours ?

— Peut-être est-ce encore un tour du Diable, mais je suis là, c'est tout ce qui compte, ici je me sens en sécurité, ici je revis.

Ils s'assoient tous deux côte à côte dans l'herbe sous les pommiers et écoutent le chant des grillons.

— Ah! mon homme, je ne te vois pas assez. Tu sais, Ozias, il existe à Saint-Hilaire des bonnes âmes qui n'attendent qu'une occasion pour se mêler de la vie privée d'autrui.

— Il ne faut pas écouter les ragots, il ne faut écouter que son cœur.

— C'est vrai qu'avec tes monseigneurs et tes évêques, tu ne dois pas avoir à résister à d'innombrables tentations féminines. Ozias, dis-moi, m'aimes-tu?

Le peintre aussitôt la serre dans ses bras.

La paix se répand sur le verger silencieux et les feuilles vertes et dentelées des pommiers bruissent doucement dans la brise tiède de l'été.

— Comme la vie, dans ce silence, est simple, comme elle est facile, douce et pleine, murmure le peintre.

Il garde son aspiration sincère au fond de lui-même. À Sherbrooke et dans les villes où il va peindre, il ne l'exhibe pas, il n'en parle pas, de peur de la perdre, d'être incompris des bonnes gens. Oui, il a souvent l'impression de marcher au fond des enfers. Ici, dans son verger, auprès de Marie-Louise, une calme résignation envahit son âme.

— Je vais pouvoir nettoyer mes iris de leurs feuilles sèches.

Tous deux se sentent remplis d'une tendre fraîcheur. Leurs yeux fixent la plaine et leur regard s'attarde, sous la blanche vibration de la lune, aux ombres agrandies des fermes.

— Je vais pouvoir tailler mes pommiers, remplir mon réservoir d'eau, nourrir mes écureuils. Un jour, Marie-Louise, nous aurons du temps, un jour nous aurons notre liberté.

Quel est ce courant qui passe? L'air est comme solide, songe le peintre. Ma vue se trouble, je n'ai pas l'impression de palper l'herbe et les feuilles de la même façon, elles me paraissent molles, caoutchoutées et denses, tout mon verger semble flotter dans une muqueuse, une sorte de plasma mouvant. Je sens un trait d'union avec ce monde d'énergie semblable à un amas d'étoiles rayonnantes, il y a un pont qui enjambe le verger, un tunnel qui s'ouvre et qui part de la grange à pommes pour s'ouvrir devant. Je me sens enveloppé dans une nuée de petites têtes d'épingles scintillantes, et Marie-Louise est avec moi dans cette poudrerie de lumière qui descend de la montagne.

Le peintre reste silencieux, absorbé par sa vision. Un chant vibrant monte, jaillit en lui. Un appel sincère et douloureux grandit en son âme et se mêle au cri de toute l'humanité vivante et espérante.

Il ne souffle mot, Marie-Louise non plus. Ils restent enlacés dans le verger, tournés vers le nord, regardant la chère montagne.

— Ozias, mon mari, je veux te montrer quelque chose. Regarde, j'ai fait des économies au cas où tu voudrais cesser de parcourir la province pour ton travail. Regarde, j'ai de quoi te retenir pour quelques années...

Marie-Louise tire de son giron une liasse de billets de cent dollars. Elle a épargné une cinquantaine de dollars par mois depuis des années, soit environ six mille dollars.

— Tu pourrais arrêter de travailler dans tes églises.

— Marie-Louise, je ne cherche ni l'argent ni la gloire, tu sais.

— Mais j'aimerais que tu aies un peu de paix, Ozias, la vie passe et nous nous voyons si peu, j'aimerais que nous ayons un peu de bon temps sur notre terre.

— Ah! Marie-Louise, si tu savais comme je l'espère tous les jours! Mais je dois continuer ma tâche. Si j'avais eu plus de talent, j'aurais pu faire mieux...

— Ozias, ne dis pas de bêtises. Tu seras connu un jour pour ton beau travail, j'en suis convaincue mon homme. Luigi Cappello, quand tu travaillais pour lui, me disait souvent que tu avais un talent extraordinaire.

— Il y a cinquante ans, j'avais du succès à l'école avec mes dessins, mais un enfant prodige ne devient pas nécessairement un grand peintre.

— Ozias, tu es un grand peintre, moi je le sais.

— Il faut admettre qu'une chose m'a cruellement fait défaut, c'est l'instruction scolaire.

— Tu as tout étudié par toi-même, tu sais tout sur la couleur, sur la nature des choses, tous te reconnaissent comme un grand savant, tu es loin d'être un ignorant, mon mari.

— Je veux continuer de peindre, je remercie la Providence de me permettre de peindre encore. J'aimerais peindre l'infiniment petit et me mêler au cri irrésistible de la vie, à l'aspiration profonde du monde.

— Ozias, mon peintre, je suis là, je t'accompagne, je m'occuperai de toi, je ne serai pas loin, tout près de Correlieu, nous recevrons nos amis dans l'après-midi, autour d'un bon bouillon. Quand tu n'es pas là, Ozias, il n'y a plus rien qui me tente. Quand tu es là, il me semble retrouver le fil de ma vie, le monde devient beau. Prends-moi dans tes bras, mon mari.

— La grande loi, c'est toujours l'harmonie, l'accord avec soi-même. Un jour, je serai à l'atelier tous les matins et je peindrai régulièrement.

— Ozias, tu n'as pas besoin de demander quoi que ce soit, de dire quoi que ce soit, je ferai tout pour te rendre heureux, je te guérirai, je te bercerai, je t'aime!

— Ah! ma Marie-Louise, regarde la montagne, il y a un tel ruissellement de couleurs, c'est une seule coulée de lave, nous coulons là-dedans comme dans une myriade d'étoiles, cela rayonne de partout.

— Mon homme!

— Un jour, je ferai rendre à cette montagne tout son contenu de lumière...

Archives de la Société d'histoire de Beloeil-Mont-Saint-Hilaire.

Ozias Leduc à Correlieu avec, à l'arrière-plan,
l'archange Gabriel dans *L'Annonciation*.

10

L'ange de la montagne

— Ah! cauchemar! au secours! au secours! Corelieu est en feu! crie le peintre d'une voix brisée.

À travers la fumée, il entrevoit un ivrogne ressemblant étrangement à son neveu installé dans son propre fauteuil, qui fume sa meilleure pipe auprès du poêle à bois, tenant sur ses genoux une fille du village qu'il injurie. Il ricane et, prenant le fusil d'Ozias, il met en joue et prend pour cibles les portraits et les nus du peintre. Il tire ici dans une oreille, ici dans une bouche, là sur un œil, là sur un sein. Il recommence ce jeu sans arrêt, buvant de la bière avec ses mauvais amis, crachant, fumant et, de ses grosses pattes sales, lacérant la chair blanche des beaux anges sculptés.

Le peintre appelle plusieurs fois au secours avant de s'écrouler. Heureusement, Marie-Louise l'ayant entendu du fond de l'atelier arrive accompagnée de Gabrielle Messier qui s'était attardée pour un dernier thé.

— Ozias! mon Ozias! Qu'est-ce qui se passe, mon homme, tu es tombé! Ah! Seigneur Dieu, je vous en supplie! Ne m'enlevez pas mon mari! J'ai perdu le premier, cette fois-ci c'est moi qui partirai la première. Ozias! Mon homme, mon pauvre homme, parle-moi! Dis quelque chose!

Ozias ouvre un œil et voit les deux visages penchés sur lui, il se croit arrivé au paradis.

— Oh! merci mes anges, merci!

— Ozias, implore Marie-Louise, qu'est-ce qui s'est passé, mon homme?

— Rien, ma Loulou, rien, j'ai rêvé, je suis tombé dans les pommes… dit le peintre en esquissant un petit sourire. Oh! Gabrielle, vous êtes là! Je suis si content de vous voir!

— Mon pauvre monsieur Leduc, vous travaillez beaucoup trop fort, vous devriez vous ménager, dit Gabrielle bouleversée.

— Vous ne me croirez peut-être pas, mais j'ai vu un ange dans le verger tout à l'heure.

— Un de vos beaux anges sans doute, monsieur Leduc, dit Gabrielle en plaçant sa main sous la nuque du peintre pour lui soulever la tête et lui faire boire un peu d'eau.

— Ozias, tu m'inquiètes, dit Marie-Louise, je ne te laisserai pas retourner à Sherbrooke! Tu vois trop de curés et de monseigneurs, tu fréquentes trop d'églises, trop de chapelles et de sacristies, ça va te rendre fou. Tu as besoin de grand air, tu as besoin de rester ici au verger avec nous et d'entretenir ta terre. Reste Ozias, je ne veux plus que tu partes! Tu es toujours parti, je n'en peux plus moi!

— Marie-Louise, cesse de t'inquiéter, tout va bien. C'est seulement un moment d'étourdissement.

— Ozias, veux-tu que j'appelle le docteur Choquette?

— Non, non, ce n'est pas la peine de le déranger. Je me lève.

Le peintre ne bouge pas.

Ah! s'il pouvait briser le cercle de la lumière crue du monde et rendre dans ses toiles la subtilité de cette nouvelle lumière, comme un essaim d'abeilles dorées.

Ah! le regard humain est bien pauvre, il ne capte qu'une ligne à la fois, notre champ pictural est celui de la taupe, mais viendra l'heure où la vision se dessillera, viendra le temps où nous n'aurons plus le goût de suivre les ornières des chemins boueux.

Ozias sait désormais que l'ange l'attend et qu'il ira un jour le rejoindre derrière la montagne.

La montagne retient toujours l'attention du peintre par la vie intérieure et la poésie dont elle est chargée. Il y a cette atmosphère si claire, grave et sereine à la fois, un peu mystérieuse, qui ne cesse de l'inspirer et de l'inviter à la méditation. Elle est là, à quelques mètres au nord de l'atelier, un gigantesque monolithe bleu foncé ; les pans de rocher lisses et nus surgissent de la forêt telles des chutes immobiles et pétrifiées.

Ozias et Marie-Louise les écoutent dans le silence, il leur semble entendre de très loin, dans un murmure puissant, la voix même de Dieu.

Une larme glisse lentement sur la joue du vieil homme et tombe sur son beau veston. Immobile comme le lac Hertel, le peintre sent son rêve frémir sur la surface unie de sa patiente aspiration.

Ozias Leduc sur les échafaudages de l'église
Notre-Dame-de-la-Présentation de Shawinigan-Sud, en juin 1944.

11

Épilogue

Peindre était une vibration, une prière. Dieu était vert, comme les feuilles, ou rouge comme les pommes du verger, diaphane comme les ailes de la libellule ou la barre du jour. Dieu était dans le vent et le chant des oiseaux, dans la forêt silencieuse du mont Saint-Hilaire, dans la plainte de la tourterelle triste, dans le gai gazouillis du merle moqueur et dans le cri saccadé du tyran tritri, dans les alarmes du geai bleu…

Dans l'herbe, le vent feuilletait le cahier d'esquisses du peintre et faisait virevolter les pages à une vitesse folle, elles tournaient et battaient dans l'air.

Le vent courait sur la crête de la montagne, mille reflets dorés du soleil scintillaient dans les feuilles du bouleau blanc, les ramures des arbres bruissaient doucement comme des murmures d'amour.

Le peintre aurait aimé encore se coucher dans l'herbe près de la rocaille entretenue par Marie-Louise, près des rubeccia et des fougères, près des marguerites et des lys sauvages. Le vent sifflait dans les hautes cimes des pins, musique d'orgue pour cathédrale naturelle. Ozias écoutait sa respiration, il retenait son souffle pour entendre celui du vent, son corps devenait dense, compact comme la pierre, tout devenait plus clair, le chant du merle, le cri de l'écureuil ou du carouge étaient plus vifs tout à coup, les ombres que le soleil jetait sur les foins en jouant avec les dentelles du feuillage étaient féeriques, le vent avec ses bras moelleux caressait sa tête endolorie, il s'assoupissait.

Parfois, il se voyait peindre les yeux fermés. Les objets étaient entourés d'un rayonnement subtil et semblaient vivre de leur propre vie, se déplaçaient dans l'apesanteur, sans relief ou profondeur, tous sur le même plan, suspendus dans l'air, ils étaient animés ; le peintre pouvait alors communiquer avec eux, ils faisaient partie de son être, il n'y avait plus vraiment de séparation.

La maison natale d'Ozias Leduc existe toujours à Mont-Saint-Hilaire.

Chronologie
Ozias Leduc
(1864-1955)

Établie par Michèle Vanasse avec la collaboration de
Lyne Des Ruisseaux (Ozias Leduc et son milieu)

OZIAS LEDUC ET SON MILIEU

LE CANADA ET LE MONDE

1864

Naissance d'Ozias Leduc le 8 octobre à Saint-Hilaire de Rouville (maintenant Mont-Saint-Hilaire). Fils d'Antoine Leduc, pomiculteur et menuisier, et d'Émilie Brouillet, il est le deuxième de 10 enfants, dont 4 sont morts en bas âge.

1864

Les Pères de la Confédération se réunissent à Québec pour discuter d'un projet de fédération canadienne.

Guerres dans l'Ouest américain : conflits entre les Amérindiens et les colons américains pour la possession d'un vaste territoire.

OZIAS LEDUC ET SON MILIEU

1865

Naissance du peintre James Wilson Morrice, qui sera, avec Maurice Cullen (1866-1934), l'un des tenants de l'impressionnisme au Canada.

1869

Naissance du peintre Marc-Aurèle de Foy Suzor-Côté, décorateur de plusieurs églises du Québec.

1878

Naissance d'Ozéma Leduc, sœur d'Ozias. Le peintre lui était très attaché. Petite fille, elle lui servit de modèle pour *La liseuse*, et plus tard pour la Vierge de *L'Assomption* à l'église de Saint-Hilaire.
Naissance du sculpteur et peintre Alfred Laliberté.

1880

Leduc termine sa sixième année à l'école du rang des Trente et fréquente « l'école modèle » pendant trois ans.
Fondation de l'Académie royale du Canada.

LE CANADA ET LE MONDE

1865

Le Congrès américain vote l'abolition de l'esclavage. Assassinat du président Abraham Lincoln par un fanatique sudiste.
À Paris, le peintre impressionniste Édouard Manet suscite un scandale avec *Olympia*.

1869

Naissance du peintre français, maître du fauvisme, Henri Matisse et de l'architecte américain Frank Lloyd Wright.

1878

Le chancelier de l'Empire allemand Otto von Bismarck fait voter des lois antisocialistes par le Reichstag.
L'Américain Thomas Edison invente la lampe à incandescence. La supériorité de l'éclairage électrique s'imposera rapidement dans les villes.

1880

Canada: l'ingénieur William C. Van Horne dirige les travaux de construction du chemin de fer transcontinental.
Auguste Rodin sculpte *Le penseur*.

OZIAS LEDUC ET SON MILIEU

1881

Mariage de Marie-Louise Lebrun, cousine de Leduc, et de Luigi Giovanni Capello, artiste immigrant italien.
Naissance du peintre Clarence Gagnon.

1883

Leduc travaille comme coloriste pour le statuaire T. Carli. Il offre ses services à un client, le décorateur d'églises Luigi Capello, qui se souviendra de lui pour la décoration de l'église de Yamachiche, en 1886.

1885

Naissance d'Arthur Lismer, l'un des fondateurs du regroupement de peintres le Groupe des Sept, qui vise à créer une peinture nationale en se basant sur le paysage sauvage canadien.

LE CANADA ET LE MONDE

1881

Traité du Bardo : la Tunisie passe sous protectorat français. Le peintre impressionniste Édouard Manet peint *Le bar aux Folies-Bergère*.

1883

Mort du philosophe allemand Karl Marx.
Le peintre belge James Ensor débute la série des *Masques*, annonciatrice de l'expressionnisme.

1885

Dans l'Ouest canadien, soulèvement des Métis de Louis Riel, qui craignent de perdre leurs terres aux mains du Canadien Pacifique. La pendaison de Louis Riel ébranle l'unité canadienne.

OZIAS LEDUC ET SON MILIEU

1886

Leduc exécute *Intérieur de la cathédrale Saint-Pierre de Rome* alors qu'il est apprenti de Luigi Capello. Il décore la chapelle Saint-François-Xavier de la basilique Sainte-Anne-de-Beaupré.

Naissance d'Olivier Maurault, qui deviendra recteur de l'Université de Montréal, de 1934 à 1955, et qui sera un grand ami d'Ozias Leduc.

Naissance du peintre canadien John Lyman.

1887

Leduc peint sa première nature morte, *Les trois pommes*, et son premier paysage, *Étude de ciel*.

1888

Tableaux de Leduc: *Portrait de mon père* et *Portrait du maître d'école de Saint-Hilaire*.

Naissance à Sainte-Rose de Marc-Aurèle Fortin.

LE CANADA ET LE MONDE

1886

Canada: inauguration du chemin de fer transcontinental.

Inauguration de la statue de la Liberté à New York pour commémorer l'alliance des Français et des Américains.

Un pharmacien d'Atlanta (Géorgie), le docteur Pemberton, met au point le Coca-Cola.

Sculpture: *Le baiser* d'Auguste Rodin.

1887

Au Québec, élection d'Honoré Mercier à la tête d'un parti national, qui se caractérise par l'affirmation du nationalisme canadien-français.

1888

Québec: le premier ministre Mercier favorise la colonisation en créant le ministère de l'Agriculture et de la Colonisation et s'adjoint le curé Labelle comme sous-ministre.

Vincent Van Gogh et Paul Gauguin fondent l'Atelier du Midi à Arles.

OZIAS LEDUC ET SON MILIEU

1889

Leduc peint *Baptême du Christ* dans l'atelier d'Adolphe Rho ; Rho signe le tableau.
Maurice Cullen, considéré comme l'un des grands peintres de l'hiver canadien, étudie à Paris.

1890

Leduc partage son temps entre son village natal, Saint-Hilaire, et Montréal où il participe pour la première fois à une exposition publique, l'Exposition des beaux-arts.
Il peint *La vieille forge*, huile sur toile.
James Wilson Morrice s'inscrit à l'Académie Julian de Paris, où il passera une grande partie de sa vie.

LE CANADA ET LE MONDE

1889

France : Gustave Eiffel construit la fameuse tour qui porte son nom pour l'Exposition universelle de Paris.
À Paris, première exposition des peintres symbolistes.
Vincent Van Gogh peint son *Autoportrait à l'oreille coupée* ; deux mois plus tard, souffrant de psychose, il sera interné.

1890

Aux États-Unis, à Wounded Knee (Dakota du Sud), massacre par la cavalerie américaine des Sioux dirigés par le chef Big Foot.
France : Clément Ader fait voler le premier engin à moteur qu'il nomme « avion ».
Henri de Toulouse-Lautrec, se détachant de l'impressionisme, peint des œuvres inspirées de Montmartre.
Premier tableau des *Nymphéas* de Claude Monet.

OZIAS LEDUC ET SON MILIEU

1891

Leduc participe au Salon du printemps de l'Art Association of Montreal. Il y exposera quatorze fois entre 1891 et 1922.

Il peint *Nature morte au violon*, huile sur toile.

Suzor-Côté part pour Paris. Il retournera souvent en Europe, tout au long de sa carrière.

1892

Leduc travaille à la décoration de l'église Saint-Paul-l'Ermite, à Joliette, aux côtés de Luigi Cappello. Il y réalise 25 tableaux, souvent inspirés d'œuvres européennes. Il expose au Salon du printemps de l'Art Association of Montreal et remporte le premier prix, dans la catégorie des moins de 30 ans, pour son tableau *Nature morte, livres*.

Il peint *Nature morte aux oignons rouges* et commence *L'enfant au pain*, huiles sur toile.

LE CANADA ET LE MONDE

1891

Thomas Edison et William Dickson font breveter une caméra qu'Edison nomme *Kinetograph* et un appareil à vision individuelle reconstituant le mouvement, le kinétoscope.

Claude Monet expose la série des *Meules*.

Le peintre Paul Gauguin s'installe à Tahiti.

Mort du peintre Georges Seurat.

1892

Claude Monet commence la série des *Cathédrales de Rouen*.

Construction de l'hôtel Tassel à Bruxelles par le pionnier de l'architecture moderne, le belge Victor Horta, principal créateur du style Art nouveau.

OZIAS LEDUC ET SON MILIEU

1893

Expositions à l'Académie royale des arts du Canada, à Montréal, et à l'Ontario Society of Artists, à Toronto.

Leduc peint 23 tableaux à la cathédrale Saint-Charles-Borromée de Joliette. Il prendra par la suite la direction de la décoration de nombreuses églises et chapelles en construction.

Il peint *Étude à la lumière d'une chandelle*, huile sur toile.

1894

Leduc construit son atelier, Correlieu (mot d'ancien français signifiant « lieu de rencontre des amis »), situé sur le rang des Trente, au pied du mont Saint-Hilaire, sur la terre familiale. L'atelier est entouré du verger familial dont Leduc prend grand soin.

Il dessine *Nature morte au fusain*, et peint *Le petit liseur*, *La liseuse* et *Nature morte au livre ouvert*, huiles sur toile.

LE CANADA ET LE MONDE

1893

Aux États-Unis, Henry Ford construit sa première voiture.

Le Norvégien Edvard Munch exprime l'angoisse dans sa peinture qui atteint son point culminant avec *Le cri*.

1894

En France commence l'affaire Dreyfus, procès d'un officier juif accusé d'espionnage et envoyé au bagne. Il sera réhabilité en 1906, mais l'affaire aura divisé la France en deux camps.

Louis Lumière invente le cinématographe.

Pierre de Coubertin fonde un comité pour organiser les Jeux olympiques modernes.

1895

Succès de *La liseuse* dans une exposition collective.

Retour de Maurice Cullen au Québec. Il deviendra une figure majeure de la peinture canadienne.

1896

Leduc entreprend la décoration de l'église de Saint-Hilaire. Il réalisera, entre autres, les tableaux, les cartons des vitraux, la décoration.

James Wilson Morrice et Maurice Cullen s'ouvrent à l'impressionnisme.

1897

Leduc séjourne en Europe, à Paris et à Londres, où il poursuit ses recherches en décoration d'églises. Il visite musées et ateliers et découvre les préraphaélites.

Il peint *Sans titre*, lavis sur carton, et *Paysage, porte de Clignancourt*, huile sur toile.

1895

Paris : première séance publique du cinématographe des frères Lumière au Grand Café.

Le peintre Paul Cézanne entreprend sa série de la *Montagne Sainte-Victoire*.

1896

Canada : le Parti libéral de Wilfrid Laurier prend le pouvoir. Le pays connaît une période de prospérité. La population augmente de trois millions grâce surtout à la venue d'immigrants européens qui s'installent dans l'Ouest, où apparaît une société nouvelle et rurale.

Grèce : tenue à Athènes des premiers Jeux olympiques modernes.

1897

Angleterre : le physicien Guglielmo Marconi établit la première communication par télégraphie sans fil, et Joseph John Thomson découvre la présence des électrons dans l'atome.

Paul Gauguin peint *D'où venons-nous ? Que sommes-nous ? Où allons-nous ?*, toile symboliste qu'il considère comme son testament artistique.

OZIAS LEDUC ET SON MILIEU

1898

De retour d'Europe, Leduc exécute les tableaux pour l'église de Saint-Hilaire.

Le journaliste Arsène Bessette publie un article sur Leduc dans *Le Canada français*.

Leduc peint *Nature morte*, huile sur carton, et *Muse endormie*.

1899

Fin de la décoration de l'église de Mont-Saint-Hilaire.

Publication de *Claude Paysan*, d'Ernest Choquette, illustré de 16 fusains de Leduc.

Leduc peint *Mon portrait*, huile sur papier.

1900

Parution du livre *Les carabinades*, d'Ernest Choquette, dont la couverture a été dessinée par Leduc.

Leduc peint *Nature morte au livre et à la loupe*, huile sur carton, et *La nuit*, huile sur toile.

LE CANADA ET LE MONDE

1898

Les États-Unis interviennent dans la guerre entre l'Espagne et Cuba qui devient indépendant sous tutelle américaine. L'indépendance de Cuba marque la fin de l'Empire espagnol en Amérique.

France : Pierre et Marie Curie découvrent le radium.

1899

Le leader canadien-français Henri Bourassa prêche un nationalisme pan-canadien et s'oppose à toute participation aux guerres de l'Empire britannique.

Canada : participation réelle mais modeste à la guerre des Boers.

1900

Au Canada, le début du XXe siècle est une période d'industrialisation et d'urbanisation. La population double en 30 ans.

À Paris, Claude Monet expose ses premiers *Nymphéas*.

OZIAS LEDUC ET SON MILIEU

1901

Leduc décore l'église Saint-Michel de Rougemont, travail qu'il termine l'année suivante. Il enseigne le dessin et la peinture au couvent des sœurs des Saints-Noms-de-Jésus-et-de-Marie à Montréal.

Il peint *Labour d'automne à Saint-Hilaire* et *La maison grise des Choquette à Belœil*, huiles sur toile, et *Autoportrait*, huile sur carton.

1902

Leduc entreprend la décoration de la cathédrale de St. Ninian d'Antigonish, en Nouvelle-Écosse.

Il peint *Madeleine repentante*, huile sur toile.

Mort de Luigi Capello.

LE CANADA ET LE MONDE

1901

États-Unis: Theodore Roosevelt est élu président.

Angleterre: mort de la reine Victoria, et avènement d'Édouard VII, son fils aîné.

À Paris, première exposition de Pablo Picasso.

1902

Irlande: fondation du mouvement nationaliste Sinn Fein.

Picasso peint *L'étreinte*, tableau de la «période bleue».

OZIAS LEDUC ET SON MILIEU

1903

Pendant son séjour en Nouvelle-Écosse, Leduc accepte des contrats de décoration privée et commerciale. Il entreprend la décoration du couvent Mount Saint Bernard, à Antigonish, et celle de la chapelle des dames du Sacré-Cœur, à Halifax.
Suzor-Côté peint sa première toile, pointilliste.

1904

Leduc est malade pendant une bonne partie de l'année. Il termine le *Portrait de l'Honorable Louis-Philippe Brodeur*, entrepris en 1901.
Boursier, le peintre Clarence Gagnon s'installe à Paris.

LE CANADA ET LE MONDE

1903

Au Québec, Olivar Asselin fonde la Ligue nationaliste, et les abbés Lionel Groulx et Émile Chartier l'Association catholique de la Jeunesse canadienne-française (ACJC).
Canada : la Compagnie du Grand Tronc se voit confier par le premier ministre Wilfrid Laurier la construction d'un nouveau chemin de fer transcontinental.
Indépendance de Panama où les Américains s'octroient le droit de construire, de gérer et de protéger le canal.

1904

États-Unis : réélection de Theodore Roosevelt, qui poursuit une politique d'impérialisme colonial et l'emploi du *big stick* (gros bâton) pour protéger les investissements américains dans les pays latino-américains.
Entente cordiale franco-britannique face à la Triple-Alliance Allemagne-Autriche-Italie.

OZIAS LEDUC ET SON MILIEU	**LE CANADA ET LE MONDE**

1905

Leduc entreprend la décoration de l'église Saint-Romuald de Farnham, qui sera terminée en 1906.

Naissance de Paul-Émile Borduas, l'un des initiateurs du groupe automatiste en peinture et signataire du manifeste *Refus global*.

1906

Le 31 août, le peintre épouse, à 42 ans, Marie-Louise Lebrun, veuve de Luigi Capello.

Il illustre les *Contes vrais* de Pamphile Lemay et dessine un portrait de sa mère qui occupera une place importante dans son atelier. Il entreprend également la décoration de l'église Sainte-Marie, à Manchester (New Hampshire).

Il peint *Érato, Muse dans la forêt*, huile sur panneau.

Naissance d'Alfred Pellan, peintre québécois qui prônera un art détaché de toute idéologie.

1905

Québec: Jean-Lomer Gouin, libéral, devient premier ministre.

Canada: entrée de l'Alberta et de la Saskatchewan dans la Confédération.

Paris: les Fauves exposent au Salon d'automne (Matisse, Derain, Marquet).

1906

États-Unis: San Francisco est détruite par un tremblement de terre.

Russie: création d'une douma, assemblée consultative élue, à la suite des grèves ouvrières et des révoltes paysannes de l'année précédente.

Mort de Paul Cézanne, dont l'œuvre est considérée comme le point de départ des recherches picturales de tout le XXᵉ siècle.

OZIAS LEDUC ET SON MILIEU

1907

Leduc entreprend la décoration de l'église Sainte-Marie de Dover, près de Boston.

Fondation du Canadian Art Club, à Toronto. Maurice Cullen, James Wilson Morrice et Suzor-Côté y exposeront régulièrement.

Le peintre John Lyman est à Paris, auprès des impressionnistes.

1908

Leduc commence les portraits de Maisonneuve et de Marguerite Bourgeoys pour l'église Notre-Dame-du-Bonsecours, à Montréal, tableaux qu'il terminera en 1909.

James Wilson Morrice, installé en France, est de plus en plus influencé par l'œuvre de Matisse.

LE CANADA ET LE MONDE

1907

À Paris, début du cubisme : peint au Bateau-Lavoir, *Les demoiselles d'Avignon*, de Pablo Picasso, provoquent une immense stupeur et montre l'influence des arts primitifs sur l'art français.

1908

En France et en Angleterre, les suffragettes réclament le droit de vote.

Belgique : la Chambre vote l'annexion du Congo.

États-Unis : fondation de la General Motors Company.

OZIAS LEDUC ET SON MILIEU

1910

Leduc entreprend la décoration de la cathédrale de Saint-Hyacinthe.

Début de la période de réalisation de grands paysages symbolistes dans ses œuvres de chevalet.

1911

Leduc entreprend les travaux de décoration de l'église Saint-Edmond à Coaticook.

1912

Leduc dessine les illustrations du livre de Guy Delahaye (pseudonyme de Guillaume Lahaise), *Mignonne, allons voir si la rose... est sans épines*, et peint *Portrait de Guy de la Haye*, huile sur toile.

Ouverture du Musée des beaux-arts de Montréal.

Fondation du Montreal Art Club.

LE CANADA ET LE MONDE

1910

Canada : vote d'une loi navale qui crée une marine canadienne et opposition des nationalistes canadiens-français (contre toute participation aux guerres européennes) et des conservateurs (pour une contribution financière à la marine anglaise). Laurier propose également le libre-échange avec les États-Unis. Il sera défait aux élections de 1911 à cause de ses positions.

Wassily Kandinsky, pionnier de l'art abstrait, peint *Improvisation X*.

1911

Canada : élection du conservateur Robert L. Borden.

Le navigateur norvégien Roald Amundsen atteint le pôle Sud.

1912

Naufrage du *Titanic*, le plus grand paquebot du monde, au large des côtes de Terre-Neuve.

Paris : importante exposition de la Section d'or cubiste à la galerie La Béotie.

OZIAS LEDUC ET SON MILIEU

1913
Donation de la terre paternelle à Ozias Leduc.
Période de travail sur les portraits de Robert LaRoque de Roquebrune et de sa femme, Josée Angers. Le couple habite alors Belœil et fréquente Leduc à son atelier.
Leduc peint *Fin de jour* et *Cumulus bleu*, huiles sur toile.

1914
Leduc travaille au monument destiné au pèlerinage de Notre-Dame-de-l'Assomption, à Rogersville (Nouveau-Brunswick). Il gagne un prix pour *Cumulus bleu*.
Il peint *Effet gris, neige* et *Judith*, huiles sur toile.

LE CANADA ET LE MONDE

1913
France : l'aviateur Roland Garros traverse la Méditerranée.
Le jeune avocat Gandhi fonde le Native Indian Congress et prône la non-violence.
L'avant-garde européenne en peinture se fait connaître aux États-Unis à l'exposition internationale de l'Armory Show à New York.

1914
Première Guerre mondiale : l'assassinat de l'archiduc héritier d'Autriche-Hongrie, François-Ferdinand, à Sarajevo, en Bosnie-Herzégovine, par un terroriste serbe déclenche un conflit mondial. D'un côté, l'Autriche et l'Allemagne, de l'autre, la Russie, la France et la Grande-Bretagne.
Canada : participation à la guerre car le Parlement d'Ottawa soutient la cause de l'Empire britannique.

Ozias Leduc et son milieu

1915

Rencontre de Leduc et de l'abbé Olivier Maurault : c'est le début d'une longue amitié. L'abbé est alors premier directeur de la bibliothèque Saint-Sulpice et vicaire à l'église Saint-Jacques, rue Saint-Denis, à Montréal. Il lui obtiendra de nombreuses commandes, (décorations d'églises, illustrations de diverses publications, etc.) et le fera connaître. Il jouera un rôle de protecteur dans sa carrière et sera son conseiller. Ensemble, ils discuteront, échangeront livres, dessins et peintures, et Maurault exhortera Leduc à faire plus de peinture de chevalet.

Leduc peint *Paysage d'automne*, huile sur carton, et achève *Pommes vertes*, huile sur contreplaqué.

Le Canada et le monde

1915

L'Italie entre en guerre du côté des Alliés. La Pologne et la Lituanie tombent aux mains de l'Allemagne.

France : début de la guerre des tranchées.

Turquie : début de l'extermination systématique des Arméniens.

Albert Einstein énonce sa théorie générale de la relativité.

Premier appel téléphonique transcontinental entre New York et San Francisco.

Naissance officielle du suprématisme lorsque Kazimir Malevitch présente 37 toiles abstraites en Russie.

OZIAS LEDUC ET SON MILIEU

1916

Exposition de 40 œuvres d'Ozias Leduc à la bibliothèque Saint-Sulpice.

Le peintre est élu membre associé de l'Académie royale du Canada.

Décoration de la chapelle du Sacré-Cœur de l'église Saint-Enfant-Jésus du Mile-End, à Montréal, terminée en 1919.

Le symbolisme devient important pour le peintre.

Peint *Neige dorée*, huile.

1917

Leduc contribue à l'Exposition permanente des œuvres d'art canadiennes, présentée à la Bibliothèque municipale de Montréal.

Fondation de la Société des arts, sciences et lettres, à Québec.

Décès de Tom Thomson, peintre à l'origine du mouvement du Groupe des Sept.

LE CANADA ET LE MONDE

1916

France : lourdes pertes à la bataille de Verdun. La responsabilité d'enrayer la progression allemande est confiée au général Philippe Pétain.

L'utilisation des véhicules blindés à chenilles (tanks) et les combats aériens changent le visage de la guerre.

Naissance du mouvement dada à Zurich, en Suisse.

1917

Canada : le Parlement vote la conscription, c'est-à-dire que tout homme de 18 à 60 ans peut être appelé sous les drapeaux.

Le Québec s'oppose fortement à la conscription et cette crise ébranle l'unité nationale.

États-Unis : entrée en guerre aux côtés des Alliés, ce qui favorise un essor économique considérable par l'accroissement de la production industrielle.

Russie : révolution russe, le tsar abdique. Les bolcheviks de Lénine prennent le pouvoir et signent une paix séparée avec l'Allemagne.

OZIAS LEDUC ET SON MILIEU

1918

Leduc collabore à la création et à la publication de la nouvelle revue d'art et de critique *Le Nigog*, dont il a dessiné la couverture.

Les Roquebrune passent l'été à Saint-Hilaire, avec Léo-Pol Morin. Ils habitent dans l'entrepôt à pommes.

Le peintre est élu commissaire d'école à Saint-Hilaire et devient, par la suite, président de la commission scolaire, fonction qu'il exercera pendant quatre ans.

Il entreprend la réalisation de trois vitraux représentant la vie de saint Paul pour la chapelle Pauline, première étape de la construction de la cathédrale de Sherbrooke.

Dessine *Robert LaRocque de Rocquebrune*, fusain.

Mort d'Émilie Brouillet, mère du peintre.

LE CANADA ET LE MONDE

1918

Fin de la Première Guerre mondiale. L'armistice est signée le 11 novembre. Le bilan est tragique, au moins 13 millions de morts, des dégâts considérables surtout dans les Balkans, en Pologne et en France. À cela s'ajoute l'épidémie de grippe espagnole qui fait plus d'un million de morts.

Angleterre : la déclaration Balfour propose la création d'un foyer national juif en Palestine.

Canada : droit de vote accordé aux femmes.

Russie : exécution de la famille impériale.

Mort du peintre autrichien Gustav Klimt, personnalité majeure de l'Art nouveau et du symbolisme viennois.

Mort du sculpteur Auguste Rodin.

OZIAS LEDUC ET SON MILIEU

1919

Leduc dessine *Portrait de monsieur Olivier Maurault, p.s.s.*, fusain, en vue de faire un portrait de son grand ami.

Il commence la décoration de l'église Saint-Raphaël, à l'île Bizard, et fait une illustration pour «La Noël à Saint-Hilaire», nouvelle parue dans le recueil *Au pays de l'érable*, à l'occasion du quatrième concours littéraire de la Société Saint-Jean-Baptiste.

LE CANADA ET LE MONDE

1919

États-Unis : prohibition de l'alcool jusqu'en 1933, ce qui favorise le développement de la contrebande et de la criminalité des bootleggers, tel Al Capone.

Traité de Versailles : début d'une réorganisation de l'Europe centrale et balkanique. Ainsi, la Yougoslavie est formée à partir de la Serbie, de la Croatie, de la Slovénie et du Monténégro.

Le projet du président américain Wilson d'une Société des Nations, qui assure la sécurité collective, est adopté. Le siège est fixé à Genève.

Mort du peintre Auguste Renoir, un des maîtres de l'impressionnisme.

OZIAS LEDUC ET SON MILIEU

1920

Leduc travaille exclusivement à ses toiles de chevalet.

Première exposition du Groupe des Sept (Arthur Lismer, Lawren Harris, J. E. H. MacDonald, A. Y. Jackson, F. H. Varley, Franklin Carmichael, Frank H. Johnston). Les peintres de ce groupe privilégient le thème des paysages sauvages du Canada.

1921

Leduc rencontre le jeune Paul-Émile Borduas, qui deviendra son élève jusqu'en 1927, et qu'il soutiendra toute sa vie.

Olivier Maurault publie, sous le pseudonyme de Louis Deligny, une brochure consacrée à la chapelle du Sacré-Cœur dans laquelle il explique le sens de la décoration de Leduc. Le peintre utilisera cette brochure comme publicité.

Il peint *L'heure mauve*, huile sur papier.

Mort d'Antoine Leduc, père du peintre.

Fondation de l'École des beaux-arts de Québec.

LE CANADA ET LE MONDE

1920

États-Unis : début des « années folles », années de prospérité de l'après-guerre jusqu'à la crise de 1929, années pendant lesquelles se crée un style de vie américain caractérisé par la possession de biens matériels qui assurent un plus grand confort (autos, radios, appareils ménagers).

Mort du peintre italien de l'école de Paris Amedeo Modigliani.

1921

Canada : fondation de la Confédération des travailleurs catholiques du Canada (CTCC), qui deviendra la CSN. Le libéral Mackenzie King est élu premier ministre.

Irlande : l'île est séparée en deux territoires autonomes, l'État libre d'Irlande, catholique, et l'Ulster, à majorité protestante, qui fait partie intégrante du Royaume-Uni.

Chine : fondation du Parti communiste chinois. Mao Zedong est parmi les fondateurs.

OZIAS LEDUC ET SON MILIEU

1922

Leduc quitte la présidence de la commission scolaire.

Il entreprend la décoration complète de la chapelle privée de l'évêché de Sherbrooke, en collaboration avec l'architecte Louis N.-Audet, qu'il terminera en 1932 et pour laquelle il aura entière liberté d'action. Leduc concevra et réalisera le décor de toutes les surfaces, sauf les vitraux et l'ébénisterie. Ce décor est une pièce charnière dans son œuvre religieuse.

En juin, début de la collaboration avec Borduas, qui travaille à la voûte du chœur de la chapelle de l'évêché.

Leduc travaille au portrait d'Olivier Maurault et termine le portrait de Joseph-Napoléon Francœur.

Fondation de l'École des beaux-arts de Montréal et du Musée du Québec.

LE CANADA ET LE MONDE

1922

Italie : Benito Mussolini, le Duce, chef du parti fasciste, forme le nouveau gouvernement. Le fascisme est une doctrine totalitaire et nationaliste opposée au socialisme.

URSS : le congrès des Soviets fonde l'Union des républiques socialistes soviétiques. Joseph Staline est élu secrétaire général du parti bolchevique.

L'Angleterre accorde son indépendance à l'Égypte tout en conservant la maîtrise du canal de Suez.

Claude Monet donne à l'État français 19 *Nymphéas*, qui seront installés à l'Orangerie.

OZIAS LEDUC ET SON MILIEU

1923

Interruption des travaux de la chapelle de l'évêché de Sherbrooke en juin. Leduc poursuit sa réflexion : il a quatre tableaux à exécuter.

Il réalise un rideau de scène représentant un paysage canadien pour le théâtre d'Acton Vale.

Naissance de Jean-Paul Riopelle.

1924

Leduc est élu conseiller municipal de Saint-Hilaire ; il le restera jusqu'en 1937.

Il travaille à la restauration de la chapelle du couvent des dames du Sacré-Cœur de Halifax, en compagnie de son frère Honorius et de Paul-Émile Borduas.

Il peint *Chasse aux canards par un matin brumeux* et termine le *Portrait de Monsieur Olivier Maurault, p.s.s.*, huiles sur toile.

Décès de James Wilson Morrice.

LE CANADA ET LE MONDE

1923

Allemagne : occupation du bassin de la Ruhr par des troupes françaises et belges à la suite du non-paiement des réparations imposées à l'Allemagne par le traité de Versailles.

Premier congrès du parti national-socialiste, parti présidé par Adolf Hitler. Quelques mois plus tard, il déclenche un putsch à Munich qui échoue et le conduit en prison.

Japon : la région de Tokyo est anéantie par un séisme d'une ampleur exceptionnelle.

Turquie : Mustafa Kemal proclame la République turque.

1924

URSS : mort de Lénine. Il est remplacé par une « troïka », dont fait partie Joseph Staline. L'Union soviétique est reconnue par plusieurs pays européens.

Précédé et annoncé par le dadaïsme, le mouvement surréaliste prend son vrai départ avec la publication du *Manifeste du surréalisme* d'André Breton. La première exposition a lieu en 1925.

OZIAS LEDUC ET SON MILIEU

1925

Leduc commence les quatre grands tableaux de la chapelle privée de l'évêché de Sherbrooke, qui, une fois mis en chantier, mobiliseront tout l'atelier.

Il crée trois rideaux de scène pour les oblats de Gravelbourg, en Saskatchewan.

1926

Leduc entreprend la décoration de la chapelle du couvent de Saint-Hilaire. Borduas l'aide dans son travail.

Premier boursier en arts du gouvernement du Québec, Alfred Pellan part pour Paris.

1927

Leduc entreprend la décoration du baptistère de l'église Notre-Dame de Montréal.

Il illustre le roman d'Adélard Dugré *La campagne canadienne*.

Leduc participe, avec le Groupe des Sept, à l'Exposition de peinture canadienne, tenue au musée du Jeu de paume, à Paris, avec *Neige dorée* et *Pommes vertes*. Clarence Gagnon est le principal organisateur de cette exposition.

LE CANADA ET LE MONDE

1925

Allemagne : Hitler publie *Mein Kampf*, exposé dans lequel il glorifie l'hégémonie germanique.

Italie : le parti fasciste devient parti unique et Mussolini obtient les pleins pouvoirs.

À Paris, l'exposition des Arts-Déco consacre le luxe et l'esprit nouveau des années folles.

1926

Canada : William Lyon Mackenzie King, libéral, est réélu premier ministre. Il le sera jusqu'en 1930, puis de 1935 à 1948.

1927

Canada : le Labrador est attribué à Terre-Neuve par le Conseil privé de Londres.

États-Unis : Charles Lindbergh est le premier à traverser l'Atlantique sans escale de New York à Paris, 5 800 km en 33 h 30 min.

Viêtnam : Hô Chi Minh fonde le Parti communiste vietnamien.

Le chanteur de jazz est le premier film parlant à l'écran.

Consécration américaine d'Henri Matisse.

OZIAS LEDUC ET SON MILIEU

1928

Leduc entreprend la restauration de l'église de Saint-Hilaire.

Il prépare, avec Borduas notamment, les décors pour la pièce de théâtre du docteur Ernest Choquette, *Madeleine*.

Il est réélu pour un troisième mandat à son poste de conseiller municipal de la paroisse de Saint-Hilaire.

Départ de Paul-Émile Borduas pour Paris.

1929

Leduc prépare des dessins pour les décors de *La bouée*, une pièce écrite par le docteur Choquette.

Il reçoit la visite des peintres Robert Pilot et Homer Watson.

1930

Leduc entreprend la décoration de l'église des Saints-Anges à Lachine.

Retour de Paul-Émile Borduas au Québec.

LE CANADA ET LE MONDE

1928

Soixante-trois États signent le pacte Briand-Kellogg qui condamne le recours à la guerre pour régler les différends internationaux.

Publication de *Nadja* et de *Le surréalisme et la peinture*, d'André Breton.

1929

États-Unis : le jeudi noir, 24 octobre, la Bourse de New York s'effondre, c'est le krach de Wall Street et le début de la grande dépression.

Publication du *Second manifeste du surréalisme*, d'André Breton. Salvador Dali se joint au groupe des surréalistes et expose pour la première fois.

1930

Québec : sanction de la Loi de l'aide aux chômeurs ; le gouvernement fédéral s'engage à verser la moitié de la somme.

OZIAS LEDUC ET SON MILIEU

1931

Leduc est élu marguillier du banc de la fabrique de Mont-Saint-Hilaire.

Il continue à travailler à la décoration de la chapelle privée de l'évêché de Sherbrooke.

Il peint *Portrait de madame Bindorf*, huile sur toile.

1932

Leduc termine, en août, la décoration de la chapelle privée de Sherbrooke.

Il devient membre de l'Association des auteurs canadiens (section française).

1933

Leduc commence la décoration de l'église de Saint-Michel de Rougemont, qu'il terminera l'année suivante.

Dissolution du Groupe des Sept.

LE CANADA ET LE MONDE

1931

Canada : le statut de Westminster confirme l'indépendance du Canada par rapport à la Grande-Bretagne dans les domaines national et international.

1932

Canada : de nouveaux partis apportent des réponses à la crise : la CCF, Co-operative Commonwealth Federation, fondée par James Woodsworth, et le Crédit social, fondé par William Aberhart.

États-Unis : le président démocrate Franklin D. Roosevelt propose le *New Deal*, un plan de redressement économique.

1933

Allemagne : Adolf Hitler devient chancelier. Il dirige le Parti national-socialiste ou parti nazi, parti totalitaire qui rend les démocrates, les juifs et les marxistes responsables des malheurs allemands.

OZIAS LEDUC ET SON MILIEU	LE CANADA ET LE MONDE

1934

Leduc exécute *L'extase de sainte Thérèse*.
Décès de Maurice Cullen.

1934

Allemagne : Adolf Hitler, le Führer, devient chef absolu de l'armée et du pays.
Chine : Mao Zedong entame la «Longue Marche» à la tête des communistes chinois afin d'obtenir le soutien actif de la population et de réaliser une révolution paysanne plutôt que prolétarienne.

1936

Leduc entreprend une série de dessins intitulée *Imaginations*, qu'il terminera en 1942, et la toile *Le père Jacques Buteux*, huile.
Il écrit *Remarques sur l'art* pour l'émission radiophonique *L'heure provinciale*, à CKAC.
Il enseigne le dessin au collège Saint-Maurice, à Saint-Hyacinthe.
Retour au Québec de Clarence Gagnon.

1936

Renouveau politique au Québec : l'Union nationale de Maurice Duplessis remporte les élections.
Alliance de l'Allemagne hitlérienne et de l'Italie fasciste.
Espagne : début de la guerre civile entre les nationalistes d'extrême-droite du général Franco et les républicains.
URSS : la vieille garde bolchevique est liquidée par Staline.

OZIAS LEDUC ET SON MILIEU

1937

Leduc est membre fondateur de la Société d'histoire régionale de Saint-Hyacinthe.

Il peint *Crépuscule lunaire*, huile.

Paul-Émile Borduas enseigne à l'École du Meuble, à Montréal, où il élaborera avec ses élèves le mouvement automatiste.

Décès de Marc-Aurèle de Foy Suzor-Côté.

1938

Leduc reçoit un doctorat honorifique de l'Université de Montréal, pour services rendus à l'art. Olivier Maurault est alors recteur de l'université.

Il commence *La maison du passeur* et achève *Portrait de madame St-Cyr*.

LE CANADA ET LE MONDE

1937

Grande-Bretagne : couronnement de Georges VI.

Espagne : bombardement de Guernica par l'aviation allemande. L'événement est immortalisé par une toile de Picasso présentée à l'Exposition universelle de Paris.

1938

Anschluss : par un coup de force, Hitler réunit l'Autriche au Reich allemand.

Accords de Munich : la France et l'Angleterre, par crainte d'un conflit, acceptent l'annexion du territoire des Sudètes, en Tchécoslovaquie, par Hitler.

Première Exposition internationale du surréalisme à Paris, où Dali présente *Taxi pluvieux*.

OZIAS LEDUC ET SON MILIEU

1939

En avril, décès de Marie-Louise, épouse d'Ozias Leduc, à l'âge de 79 ans.

La modernité perce au Québec.

Le peintre John Lyman fonde la Société d'art contemporain, qui regroupe de jeunes artistes, dont Paul-Émile Borduas. Elle vise à diffuser les tendances artistiques nouvelles et à faire connaître les jeunes peintres.

1940

Gabrielle Messier, de Saint-Hilaire, devient l'élève d'Ozias Leduc, et, en 1942, son assistante. Mlle Messier connaissait bien Ozias Leduc pour être allée maintes fois lui rendre visite avec son amie, Fernande Choquette. Enfant, elle admirait les décorations de l'église de Saint-Hilaire.

Retour d'Alfred Pellan au Québec, qui devient le chef de file de l'avant-garde. Exposition de ses œuvres au Musée du Québec et au Musée des beaux-arts de Montréal.

LE CANADA ET LE MONDE

1939

Deuxième Guerre mondiale : l'invasion de la Pologne par l'Allemagne amène la France et la Grande-Bretagne à lui déclarer la guerre.

Canada : déclaration de guerre à l'Allemagne.

États-Unis : le pays reste neutre dans le conflit mondial mais fournit des armes aux Alliés.

Espagne : victoire de Franco.

1940

L'Italie entre en guerre aux côtés de l'Allemagne.

Capitulation de la France : alors que le gouvernement du maréchal Pétain s'installe à Vichy, le général Charles de Gaulle appelle les Français à la résistance et forme les Forces françaises libres.

La Belgique, la Hollande, le Luxembourg, le Danemark et la Norvège sont envahis par les troupes allemandes.

OZIAS LEDUC ET SON MILIEU

1941
Leduc peint *Monsieur Alphonse Tessier* et *Mère aimable*, huiles sur carton, et *Paysage*, huile sur bois.
Première « Exposition des Indépendants » à Québec et Montréal, où exposent Paul-Émile Borduas et Alfred Pellan.

1942
Ozias Leduc entreprend la décoration de l'église Notre-Dame-de-la-Présentation d'Almaville-en-Bas (maintenant Shawanigan-Sud), assisté de Gabrielle Messier. Cette œuvre occupera les dernières années de la vie du peintre. Mlle Messier la terminera après la mort de Leduc (elle réalisera le dernier tableau, *Le couronnement de Marie*). Leduc représentera les travailleurs et leurs pénibles conditions de travail dans ses peintures. Il explorera le thème de la sanctification et du salut de l'homme par le travail.
Paul-Émile Borduas expose à Joliette et au théâtre de l'Ermitage, à Montréal.
Décès de Clarence Gagnon.

LE CANADA ET LE MONDE

1941
États-Unis : attaque des Japonais contre Pearl Harbor, Hawaï. Les Américains déclarent la guerre au Japon et à ses alliés, l'Allemagne et l'Italie.
L'URSS entre en guerre contre l'Allemagne. Le conflit est devenu mondial.

1942
Canada : plébiscite sur la conscription. Mackenzie King en appelle directement au peuple. Le Canada dit « oui » à 63,7 % alors que le Québec dit « non » à 71, 2 %. Fondation du Bloc populaire, parti des opposants québécois à la conscription à Ottawa.
URSS : bataille de Stalingrad.

OZIAS LEDUC ET SON MILIEU	LE CANADA ET LE MONDE

1943

Paul-Émile Borduas rencontre Jean-Paul Riopelle à l'École du Meuble. Borduas participe à l'exposition des Sagittaires à la Galerie Dominion, à Montréal.

1943

Québec: entrée en vigueur de la Loi de l'instruction obligatoire.

À la Conférence de Québec, les chefs alliés décident d'un grand débarquement en Normandie et sur la péninsule italienne.

1944

Leduc, travaillant à Shawinigan-Sud, offre son atelier à Borduas.

Il peint *Madame Labonté*, huile sur toile.

Première réunion officielle du groupe qui produira *Refus global*.

Visite d'André Breton au Québec.

1944

Québec: l'Union nationale de Maurice Duplessis reprend le pouvoir et le gardera jusqu'en 1959.

Italie: les Américains marchent sur Rome.

France: débarquement allié en Normandie sous le commandement du général américain Dwight Eisenhower.

Pacifique: intervention massive des forces américaines qui refoulent les Japonais et progressent en direction du Japon.

OZIAS LEDUC ET SON MILIEU

1945

Exposition de 25 œuvres de Leduc au Musée de la Province de Québec.

Il reçoit un contrat pour restaurer ses tableaux à l'église Notre-Dame-de-Bonsecours, à Montréal.

1946

Première exposition des automatistes, à Montréal.

Exposition internationale du surréalisme à New York, à laquelle les automatistes participent. Ceux-ci, regroupés autour de Borduas, explorent un champ de peinture non figurative et spontanée, libérée de toute tradition.

LE CANADA ET LE MONDE

1945

Japon : la première bombe atomique est larguée sur Hiroshima et met fin à la guerre.

Europe : défaite de l'Allemagne et fin de la guerre. Découverte des camps nazis.

Fondation de l'Organisation des Nations unies, l'ONU, dont le rôle est de maintenir la paix dans le monde et de veiller au maintien des droits fondamentaux de l'Homme.

1946

Winston Churchill, premier ministre de Grande-Bretagne, nomme les pays sous domination soviétique «pays du rideau de fer».

Début de la guerre d'Indochine entre la France et les communistes vietnamiens.

OZIAS LEDUC ET SON MILIEU

1948

Dissolution de la Société d'art contemporain.

Parution du manifeste *Refus global*, signé par Paul-Émile Borduas et les jeunes automatistes. Borduas est renvoyé de l'École du meuble.

Jean-Paul Riopelle s'installe à Paris et connaît un succès qui fera de lui le seul peintre québécois à réussir une carrière véritablement internationale.

1949

L'église de Saint-Hilaire est déclarée monument historique grâce aux plaidoyers d'Ozias Leduc et d'Olivier Maurault.

Leduc réalise un chemin de croix pour la chapelle du couvent des sœurs des Saints-Noms-de-Jésus-et-de-Marie de Saint-Hilaire qu'il termine en 1950, année du centenaire du pensionnat.

Publication d'un deuxième manifeste de Borduas, *Les projections libérantes*.

LE CANADA ET LE MONDE

1948

Canada : Louis Saint-Laurent, libéral, devient premier ministre.

États-Unis : adoption d'un plan d'aide économique pour la reconstruction de l'Europe, le plan Marshall.

Assassinat du Mahatma Gandhi, un an après l'indépendance de l'Inde.

Proclamation par David Ben Gourion de l'État d'Israël.

1949

Canada : le pays devient membre de l'OTAN, l'Organisation du traité de l'Atlantique Nord, qui veille à la défense du monde dit libre.

L'URSS fait exploser sa première bombe atomique.

Naissance de la République fédérale d'Allemagne (RFA), intégrée au bloc occidental, et de la République démocratique allemande (RDA), intégrée au bloc soviétique.

Chine : Mao proclame la République populaire de Chine.

Afrique du Sud : mise en vigueur de l'apartheid (une politique ségrégationniste qui prive la population noire de droits fondamentaux).

OZIAS LEDUC ET SON MILIEU

1953

Des musées et des collectionneurs particuliers commencent à acheter des œuvres du peintre. Exil de Paul-Émile Borduas aux États-Unis.

1954

Leduc présente un projet pour le drapeau canadien. Il s'agit de l'unifolié, identique au drapeau actuel sauf pour les couleurs.

Rétrospective des œuvres du peintre au lycée Pierre-Corneille à Montréal.

Un numéro de la revue *Arts et Pensées* est entièrement consacré à Leduc.

Il est hospitalisé à l'Hôtel-Dieu de Saint-Hyacinthe le 26 décembre.

1955

Leduc écrit l'*Histoire de Saint-Hilaire* : « *On l'entend, on la voit !* »

Le peintre meurt le 16 juin à Saint-Hyacinthe, à l'âge de 90 ans. En décembre, inauguration d'une exposition itinérante organisée par la Galerie nationale du Canada, *Ozias Leduc 1864-1955*.

Paul-Émile Borduas s'installe à Paris.

LE CANADA ET LE MONDE

1953

URSS : Khrouchtchev devient secrétaire général du Parti communiste à la mort de Staline.

Fin de la guerre de Corée.

1954

Guerre d'Indochine : après la victoire des communistes vietnamiens à Diên Biên Phu, la France est contrainte de quitter le pays. Les accords de Genève partagent le Viêtnam en deux États, le Viêtnam du Nord et le Viêtnam du Sud.

1955

Bloc de l'Est : pacte militaire de Varsovie entre les pays de l'Est.

Moyen-Orient : affrontements israélo-égyptiens après le refus du président Nasser d'Égypte de laisser passer les navires israéliens dans le canal de Suez.

OZIAS LEDUC ET SON MILIEU

1960
Mort de Paul-Émile Borduas.

1968
Mort d'Olivier Maurault.

1974
Exposition itinérante des œuvres d'Ozias Leduc organisée par le Musée des beaux-arts du Canada.

1983
Correlieu, laissé à l'abandon, est incendié, en avril. L'atelier est démoli en octobre.

LE CANADA ET LE MONDE

1960
Québec : le Parti libéral de Jean Lesage prend le pouvoir : c'est le début de la Révolution tranquille.
États-Unis : élection à la présidence du démocrate John F. Kennedy.

1968
Québec : René Lévesque fonde le Parti québécois et prône la souveraineté-association avec le Canada.
Pierre E. Trudeau est élu premier ministre du Canada.

1974
Québec : la loi 22 proclame le français langue officielle du Québec.
États-Unis : compromis dans l'affaire Watergate ; le président Richard Nixon est contraint de démissionner.
Grèce : fin du régime des colonels et restauration de la démocratie.

Ozias Leduc devant son chevalet, sur lequel se trouve
le *Portrait de Florence Ducharme*, vers 1942-1943.

Éléments de bibliographie

Monographies

BEAUDRY, Louise, *Les paysages d'Ozias Leduc, lieux de méditation*, Montréal, Musée des beaux-arts de Montréal, 1986.

GLADU, Paul, *Ozias Leduc*, La Prairie, Broquet, coll. «Signatures», 1989.

LACROIX, Laurier, *La décoration religieuse d'Ozias Leduc à l'Évêché de Sherbrooke*, Université de Montréal, 1973 (mémoire de maîtrise).

LACROIX, Laurier, *Dessins inédits d'Ozias Leduc: une exposition itinérante organisée par Laurier Lacroix pour l'Université Concordia*, Montréal, 1978.

LANTHIER, Monique, *Portrait et photographie chez Ozias Leduc*, Université de Montréal, 1987 (mémoire de maîtrise).

OSTIGUY, Jean-René, *Ozias Leduc: peinture symboliste et religieuse*, Ottawa, Galerie nationale du Canada, 1974.

Ozias Leduc et Paul-Émile Borduas, Université de Montréal, 1973 (Conférences J. A. de Sève, 15-16).

Périodiques
Arts et pensée, n° 18, juillet-août 1954, Montréal.

Autres sources
Fonds d'archives Ozias Leduc, Bibliothèque nationale du Québec.

Fonds d'archives Paul-Émile Borduas, Musée d'art contemporain.

Documents audiovisuels
Correlieu, réalisation Jean Palardy, Office national du film du Canada, 1959, 19 min.

Ozias Leduc, peintre-décorateur d'églises, 1864-1955, réalisation François Brault et Yvon Provost, Office national du film du Canada, 1984, 27 min.

Ozias Leduc, comme l'espace et le temps, réalisation Michel Brault, Films Franc Sud, 1996, 58 min.

Entrevues
Entrevues avec M. Michel Clerk (septembre 1994).

Entretiens téléphoniques avec Mlle Gabrielle Messier (octobre-décembre 1994).

Table

DANGER

LE
PHOTOCOPILLAGE
TUE LE LIVRE

*Cet ouvrage
composé en New Caledonia
corps 12,5 sur 16
a été achevé d'imprimer
le premier septembre
mil neuf cent quatre-vingt-dix-sept
sur les presses de
l'Imprimerie L'Éclaireur,
Beauceville (Québec).*